그리운 곳에서
그리운 곳으로

시인의 포르투갈 체류기

지은이

오민석 吳民錫, Oh Min-seok

충남 공주 출생. 시인이자 문학평론가이며, 현재 단국대학교 영미인문학과 명예교수
이다. 1990년 월간『한길문학』창간기념 신인상에 시가 당선되어 시인으로 등단하였
으며, 1993년『동아일보』신춘문예에 문학평론이 당선되며 평론 활동을 시작하였다.
시집『굿모닝, 에브리원』,『그리운 명륜여인숙』,『기차는 오늘 밤 멈추어 있는 것이 아
니다』, 문학평론집『이 황량한 날의 글쓰기』,『몸-주체와 상처받음의 윤리』, 문학이론
연구서『현대문학이론의 길잡이』,『정치적 비평의 미래를 위하여』, 문학 연구서『저항
의 방식-캐나다 현대 원주민 문학의 지평』, 대중문화 연구서『나는 딴따라다-송해
평전』,『밥 딜런, 그의 나라에는 누가 사는가』, 시 해설서『아침 시-나를 깨우는 매일
오 분』, 산문집『그리운 곳에서 그리운 곳으로-시인의 포르투갈 체류기』,『나는 터지
기를 기다리는 꽃이다-먹실골 일기』,『경계에서의 글쓰기』,『개기는 인생도 괜찮다』,
번역서『냉소적 이론들-대문자 포스트모더니즘 비판』, 바스코 포파 시집『절름발이
늑대에게 경의를』,『오 헨리 단편선』등을 냈다. '단국문학상', '부석평론상', '시와경계
문학상', '시작문학상', '편운문학상' 등을 수상하였다.

문학인 산문선 07
그리운 곳에서 그리운 곳으로
시인의 포르투갈 체류기

초판발행 2025년 2월 25일

지은이 오민석

펴낸이 박성모
펴낸곳 소명출판
출판등록 제1998-000017호
　　주소 서울시 서초구 사임당로14길 15 서광빌딩 2층
　　전화 02-585-7840
　　팩스 02-585-7848
　이메일 somyungbooks@daum.net
홈페이지 www.somyong.co.kr

　　ISBN 979-11-5905-850-9 03800
　　정가 17,000원

ⓒ 오민석, 2025

문학인 산문선—07

그리운 곳에서

↓↑

그리운 곳으로

시인의 포르투갈 체류기

오민석 산문집

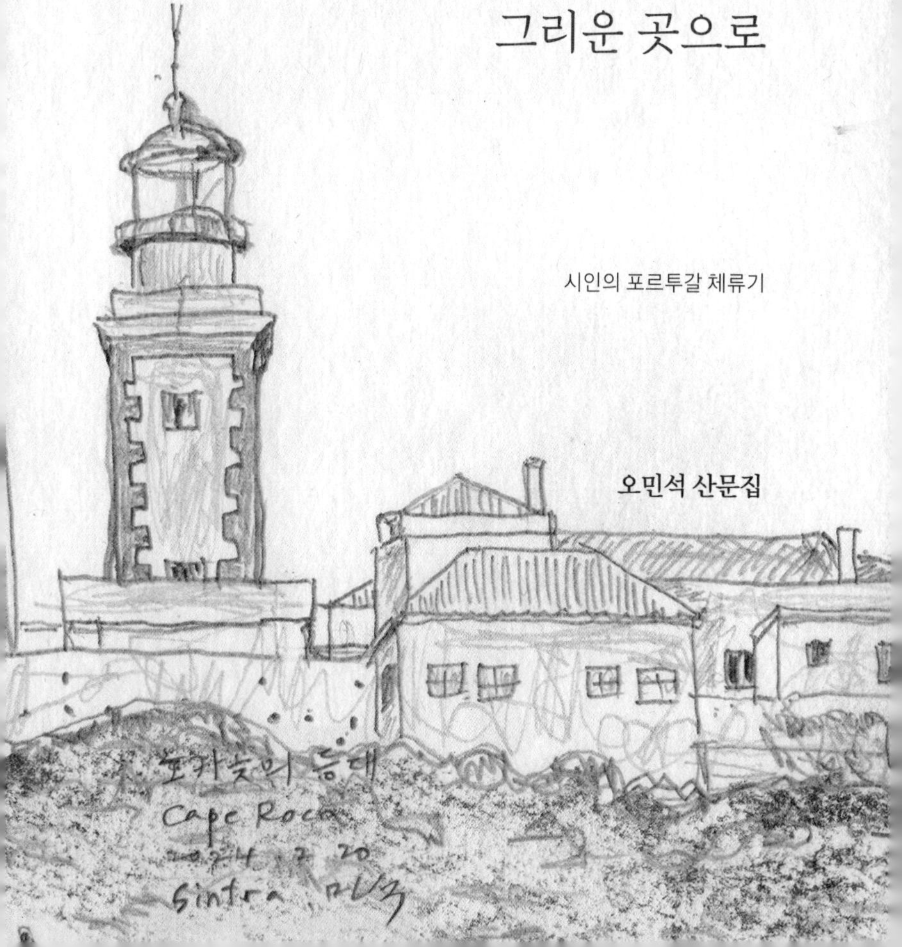
로카곶의 등대
Cape Roca
2024. 2. 20
Sintra, 민석

소묘 삽화 및 사진 출처 : 저자 오민석

차례

Prologue

5

그리운 곳에서 그리운 곳으로

9

Epilogue

229

Prologue

여행을 싫어하는 사람은 드물다. 그러나 여행의 느낌과 뒤끝이 항상 좋은 것은 아니다. 내내 들떠 있으나 뿌리가 없는 기분, 일상을 망각하거나 그것에서 도망치려는 헛된 노력, 소비 지수의 폭발적 증가, 이런 것들은 여행을 일종의 바보짓이나 허영 혹은 낭비로 만든다. 그래서 우리는 새로운 여행을 꿈꾸었다. 흥분되지만 마음이 차분해지고 깊어지는 여행, 일상으로부터 도망치지 않고 일상을 '새롭게' 지속함으로써 일상을 더욱 빛나게 하는 여행, 그리하여 더 깊은 일상으로 돌아가는 여행, 쓸데없는 소비를 최대한 억제해서 허영심으로 마음이 가난해지지 않는 여행.

'한 달 살기, 두 달 살기', 이런 말들을 요즘 많이 사용한다. 이런 용어는 '살기'의 시간적 길이만을 가리킨다. 그래서 우리는 우리의 여행을 '생활 여행'이라고 부르고 싶다. '생활 여행'이란 낯선 곳에서 비교적 오래 머물되 집에서와 거의 다를 바 없이 일상을 지속하는 여행이다. 장 보고, 식사를 준비하고, 빨래하고 청소하며, 집에서와 하등 다를 바 없이 읽고 쓰며 그림을 그리는 여행. 그러려면 가능한 한 한 곳을 베이스캠프로 정해 그곳에 오래 머물려 그 주변을 잠깐씩 오가는 여행을 해야 했다.

우리의 베이스캠프는 포르투였다. 포르투는 포르투갈에서 리스본 다음으로 큰 도시이며, 역사 지구 전체가 유네스코가 지정한 세계문화유산이다. 어딜 가나 수백 년씩 묵은 건물들이 즐비하다. 우리가 근 70일 동안 묵은 집도 족히 2백 년은 된 곳이었는데, 사적지라 에어컨 설치도 마음대로 못 한다며 주인은 너스레를 떨었다. 실제로 깨끗하게 잘 리노베이션된 우리 숙소의 실내엔 에어컨이 없었다. 우리는 온통 낡고 오래된 것들만 잔뜩 모여 있는 이 동네에 깊이 빠져들었다. 포르투의 건축물들은 어딜 가나 수백 년 묵은 사연과 색깔과 냄새로 자욱했다. 여기저기 폐가도 많이 보였다. 돈을 처들여 새로 꾸민 곳에서는 죽었다 깨어나도 볼 수 없는, 오로지 수백 년의 시간이 스치고 지나가야만 나올 수 있는 색깔과 촉감과 형상이 도시 전제를 지배하고 있었다. 유럽의 다른 지역들에 비해 생활 물가도 상대적으로 쌌다. 1~2유로면 아름다운 노천카페 어디에서나 커피를 즐길 수 있었다. 무한 경쟁과 초고속 시간과 변화가 지배하는 현대에 포르투는 무언의 깊은 반문화counter-culture의 냄새가 나는 공간이었다. 우리가 지금 운영하고 누리며 그 안에서 신음하고 있는 것과는 다른 문화의 잠재성과 가능성을 그곳에서 자주 느꼈다. 무언가 다른 삶이 존재할 수 있다는 느낌만으로도 우리는 새롭고 행복하고 풍요로웠다.

이 글은 그렇게 떠나서 살다 온 우리 부부의 삶의 기록이다. 우리는 그곳에서 잘 놀고, 열심히 일했으며, 거기 있어도 그립고 떠나와도 그리운 또 하나의 공간을 만들고 왔다. 한국에서 포르투로, 포르투에서 한국으로, 그리운 곳에서 그리운 곳으로.

1

14시간의 비행 끝에 마드리드에 도착. 이륙 후 비행기가 계속 서쪽으로 이동하니 시간은 거꾸로 흐르고 비행 시간 내내 오래도록 해가 지지 않는다. 기내의 3D 지도로 본 대충 본 경로는 놀랍게도 거의 실크로드 코스. 하늘에서 본 초저녁의 이스탄불은 황금빛 보석처럼 화려하고 황홀하다. 삶이 지워진 빛의 천국. 조그만 불씨 하나만 주어도 인간은 온 세상을 빛으로 뒤덮고 번영의 파사드로 가난한 속내를 가릴 수 있다.

택시를 타고 호텔에 도착하니 밤 늦은 시간에도 마드리드 시내는 행인들의 활기로 넘친다. 짐을 푼 후에 호텔 근처의 선술집에 가서 이름을 기억하기 힘든 안주에 맥주 한 잔. 샐러드를 곁들린 연어 요리와 일종의 오징어 튀김 요리였는데 둘 다 특별한 맛은 없다. 먼저 '알함브라Alhambra Reserva 1925'라는 이름의 도수 높은6.4도 병맥주를 마셨는데, 그런대로 괜찮은 맛. 추가로 생맥주를 시켰더니 맛이 별로여서 한국의 수제 맥주 생각이 났다. 우연히 들렀던 인사동 어느 카페, 그리고 홍천 브라이트바흐 올몬테의 수제 맥주는 그러므로 가히 세계적인 수준이다.

천박한 정치 수준과 물질주의, 출세주의 등을 빼면 (그런데 이게 제일 중요한데……) 한국은 여러모로 선진국임이 분명하다. 아고다 외국 호텔의 리뷰를 보면 한국인 투숙객들의 컴플레인이 가장 많다. 예약을 하려다가도 한국인 관광객들의 까다롭고 꼼꼼한 리뷰 때문에 망설인 적이 여러 번 있다. 그만큼 모든 면에서 한국인들의 눈높이가 높아진 것은 분명하다.

크리스마스 쇼핑백을 든 사람들이 줄줄이 주점으로 들어와 담소를 나눈다. 밤 늦은 시간이라서인지 거의 대부분 현지인들로 보이는 백인들이고 아시아계는 우리 밖에 없다. 웨이터들은 대체로 영어가 서툴러 깊은 이야기를 나눌 수가 없다. 어제는 얼떨결에 대충 아무 주점이나 찾아든 것이었는데, 오늘부터는 앱을 이용해 '주체적으로' 모든 것을 선택하기. 다양한 앱 덕분에 이제는 어디서든지 촌스럽고 위축된 이방인 티 내지 않고 여행할 수 있다. 평소 같으면 적당한 취기와 피로 덕분에 숙면을 취했을 텐데 시차를 피할 수 없다. 새벽에 잠이 깨어 몇 자 남긴다. 오늘은 세계 3대 미술관 중의 하나라 불리는 프라도 미술관이 주요 타깃. 마드리드에서 3일을 묵은 후에 포르투로 이동할 예정.

2023.12.20

2

호텔에서 1.5킬로미터 떨어진 곳의 프라도 미술관 가는 길. 사람들의 왕래가 많은 레스토랑에서 샐러드와 커피로 아침 식사. 베트남 블루드래곤을 연상케하는 쓴 맛의 커피. 창밖을 지나는 마드리드 시민들은 남녀 노소를 막론하고 거의 예외가 없이 패셔니스타라는 느낌이 들 정도로 세련된 모습이다. 할머니, 할아버지들도 하나같이 '멋쟁이'라는 느낌이 절로 들 정도로 극-세련들인데, 그 모습들이 너무 몸에 잘 익어서인지 외모에 과신경인 자들의 어떤 가벼움이나 '날라리성'은 전혀 보이질 않는다. 도심인데도 큰 개를 데리고 산책하는 사람들이 자주 보이고, 한겨울인데도 생맥주를 들고 나와 야외 테라스에서 커피나 차 대신 마시는 젊은이들도 보인다. 물론 담배와 함께. 무슨 행사가 있는지 거리에 방탄조끼에 꽉 끼는 검은 제복을 입은 경찰들이 많이 깔려 있다. 길을 찾느라 도중에 몇몇 경찰관에게 말을 걸어 보니 대부분 유창한 영어를 구사한다.

그리고, 프라도 미술관 1층 화장실 앞에서 따님과 여행 중인 서울대 영문과의 K 교수를 우연히 만났다. 세상에…… 이먼 곳에서 이게 웬 우연이람. 그는 나와 '영미문학연구회'에서 오래 함께 활동한 지기이고 문학평론가이며 내 기억으로는 나와 동갑내기이다. 그는 3시간 반에 걸친 관람을 끝내고 막 나가려는 참이었고, 나는 이제 막 관람을 시작하려던 순간이었다. 아쉬움을 뒤로 하며 헤어진 후에 그림 구경을 시작. 고야, 벨라스케스, 리베라, 티치아노, 램브란트도 좋지만, 내 눈길을 가장 끄는 것은 루벤스의 그림들이었다. 세어보진 않았지만 프라도 미술관엔 꽤 많은 수의 루벤스 그림들이 있어서 충분히 즐기기에 부족함이 없다. 그 중에서도 내게 가장 압도적이었던 것은 〈유카리스트의 승리Triumph of the Eucharist〉 연작이었다. 바로크를 대표하는 화가답게 루벤스는 이 시리즈에서 매우 화려하고 영적인 승리의 분위기로 가득찬 그림을 그리는 데에 성공하였다. 이 그림들은 그 모든 우여곡절에도 불구하고 선과 신의 궁극적 승리에 대한 확신을 자신있게 보여준다. 그림의 모든 인물들은 정적이기 보다는 역동적으로 살아 움직이며 스스로 승리의 음악이 된 몸들을 보여준다. 나는 특히 이 연작 시리즈에 나오는 아기 천사들의 모습에 주목했는데, 루벤스의 아기 천사들은 선한 것the good의 '원초적 풍요로움'이 무엇인지를 잘 보여준다. 그림 앞 의자에 털썩 앉아 가만히 그림을 들여다보다 엉뚱한 연상. 말하자면 루벤스의 아기 천사들이 이중섭이 제주 시절에 그린 벌거숭이 아이들의 이미지와 매우 유사하다는 것. 깨지지 않은 원초적 선의 모습은 저렇게 순정한 풍요의 아름다움이 분명하다는 것. 그리고 그것은 끝끝내 승리할 우리들의 아이디얼이라는 것.

2023.12.21

3

　오늘 아침 식사는 호텔에서 간단히 컨티넨탈 브렉퍼스트로 해결. 레이나 소피아 미술관은 아침 10시에 문을 연다. 식사를 마친 후에 호텔에서 소피아 미술관까지 약 2킬로미터 정도를 걸었다. 단 한 번도 팔다리를 잘린 적 없는 거대한 플라타너스 가로수들이 큰 도로 양편으로 시원하게 서 있는 마드리드의 아침 산책길. 뭔가 거칠 것이 없는 거인들의 길 같다. 어제 다녀온 프라도 미술관을 거쳐 왕립 식물원을 지나 오른쪽으로 길을 건너니 소피아 미술관이 나타난다. 프라도 미술관이 대략 15세기에서 18세기에 걸친 작품들을 소장하고 있다면, 소피아 미술관은 주로 현대 스페인 화가들의 작품들을 소장하고 있다. 덕분에 파블로 피카소, 살바도르 달리, 호안 미로의 작품들을 적지 아니 볼 수 있다. 입장료는 12유로. 4층으로 된 미술관은 나름 규모가 커서 한 번에 관람하려면 상당한 체력을 필요로 한다. 투명 유리로 된 타워 리프트엘리베이터를 이용해 4층부터 거꾸로 내려오며 관람하면 훨씬 덜 피곤하다. 그걸 모르고 1층부터 4층까지 걸어서 오르내리다 녹초가 된 후에야 타워 리프트가 있는 것을 알았다. 덕분에 1층까지 내려왔다가 리프트를 타고 다시 4층에 올라가 중요 작품들을 한 번 더 천천히 관람하여 내려왔다. 중간을 자르지 않은 거대한 화강암 덩어리로 만든 내부 계단들을 보며 문득 '큰 프로젝트의 힘'이란 컨셉이 떠오름. 사정이 허락한다면 무슨 일이든 일단 크게 벌리는 것도 나름 지혜로운 방법일 수 있다는 생각. 그런 기획이 없었다면 이런 건축물은 지어지지 않았을 것이다. 문을 열자마자 입장해서인지 한가했고 덕분에 피카소의 〈게르니카〉가로 776.6cm, 세로 349cm 전신을 아무런 장애물 없이 촬영할 수 있었다. 사진 촬영 자체를 불허하는 프라도 미술관과 달리 이곳은 플래쉬를 터뜨리지 않는 한 자유롭게 사진을 찍을 수 있다. 피카소는 사회 / 역사적 상상력을 가짐으로써 더 큰 예술가가 되었다.

구글 맵을 이용해 다시 호텔로 돌아오는데 구글이 가던 길과는 전혀 다른 뒷골목 길을 알려준다. 정육점, 미용실, 과일 가게, 선술집 등이 정겹게 펼쳐져 볼거리가 많은 골목길을 따라 걷다보니 조그만 광장이 나타났는데, 놀랍게도 그곳에서 가르시아 로르까의 동상을 만났다. 소심하고 섬약하며 평생 깊은 우울증에 시달렸던 동성애자 로르까. 그는 마초 스타일의 파블로 네루다와도 아주 가까이 지냈으나 스페인내란 초기에 극우 민족주의자들에게 암살을 당한다. 1936년, 그의 나이 서른여덟이었다. 열렬하고 적극적인 반파시스트 운동가도 아니었던 그는 왜 총을 맞고 죽었을까. 지금 동상의 모습으로 광장 입구에 서 있는 그의 왼손엔 작은 비둘기가 날개를 퍼득이고 있고 오른손엔 누군가가 올려놓은 보라빛 튤립 한 다발이 시들어가고 있다. "아, 나의 이 손가락들이 달의 / 꽃잎을 떨어낼 수만 있다면!"가르시아 로르까

오늘 구름은 심술궂은 빵처럼 엉겨 있었다

터질 듯 터질 듯 비는 내리지 않고

우울이 거미집을 짓고 있었다

나는 내가 불렀던 몇 편의 블루스를 떠올렸다

그릇 깨지는 소리

거리 뒤편에서 커피를 마신다

카페 헤밍웨이는 오늘도 한가하다

네루다는 서류뭉치를 들고 항구에 서 있었고

뱃고동이 노랗게 울 때

갈매기들이 먼저 떠난 애인들을 찾아 끼룩거렸다

로르까는 어딜 갔을까 로르까 로르까

갈 곳 없는 시인들이 맴맴 제 자리를 돌 때

불안의 섬은 바다 안에 갇혀 있었다

가도 가도 바다는 끝나지 않았다

오늘 구름은 심술궂은 빵처럼 입술을 내밀고

비는 오지 않고, 페데리꼬 가르시아

로르까 로르까는 어딜 갔을까 로르까

오민석, 「로르까는 어디 갔을까」, 『굿모닝, 에브리원』

2023.12.22

4

어제 마드리드를 떠나 한 시간 반만에 포르투에 입성. 수다스럽고 친절한 할아버지 택시 운전사 덕분에 집에 도착하기도 전에 도루강 주변을 슬쩍 둘러보았다. 2월 말까지 우리가 묵을 플랫유럽식 아파트은 사진으로 보았던 것보다 훨씬 크고, 깨끗하며, 쾌적하다. 우리가 묵었던 마드리드의 호텔이나 이곳의 엘리베이터는 1층을 0층으로 표기한다. 우리 집은 엘리베이

15

터로 2층에서 내리므로 실제로는 3층이며 이 건물의 제일 꼭대기 집인데, 주인의 말에 의하면 지은 지 200년도 더 되었다고 한다. 최근의 건축물들에 비하여 지붕도 높고 실내도 매우 널찍하다. 공간을 낭비할 수 있었던 먼 과거의 여유와 영광을 집 안에서 느낄 수 있다. 한국의 아파트로 치자면 32평 정도는 될 것 같은 실내는 부엌과 연결되어 있으며 소파 베드까지 있는 넓은 거실, 커다란 욕조에 수동식 비데가 있는 큰 화장실, 청소 용구 등을 넣어둔 제법 큰 창고, 더블베드와 옷장이 있는 넓은 침실로 이루어져 있다. 침실과 부엌 쪽에 각각 베란다가 있는데, 그곳으로 나가면 아래로는 작고 예쁜 노상 카페가 있고 건너편으로는 큰 도로와 거대한 포르투 성당Porto Cathedral의 전경이 한눈에 보인다. 세계에서 가장 아름다운 기차역 중의 하나인 상 벤투São Bento역포르투 중앙역이 집에서 불과 100미터 정도 거리에 있다.

전직 영화배우였다는 집주인 찰스의 친절한 설명을 들은 후에 짐을 풀고 서둘러 라면을 끓여 먹는다. 한국을 떠난 지 며칠 되지도 않았는데 우리는 무슨 향수병처럼 라면 국물 예찬에 빠진다. 마드리드의 어떤 아시아 음식점에서 만났던 최악의 일본미소 라면 국물 때문에 향수병이 더 심해졌다. 젓가락이 없어 포크로 라면을 먹은 후에 구글 지도에도 나오지 않는 슈퍼마켓을 찾아 '보급 투쟁'에 나선다. 당장 내일 아침부터 먹을거리를 장만해야 하기 때문이다.

슈퍼를 찾아 조금 걷다 보니 결국 그 유명한 상 벤투역 뒤쪽 산동네로 이동하게 된다. 포르투는 바다로 흘러가는 도루Douro 강변이 가장 저지대이고 그곳을 기준으로 고도가 점점 높아지는 언덕 위의 도시라고 생각하면 된다. 어두컴컴한 언덕길 좌우로 오래되고 보수가 제대로 되지 않아 낡은 유럽식 건물들이 줄지어 서 있다. 화려한 마드리드 시내 중심에 있다가 오니 이곳은 왠지 긴 시간을 두고 쇠락한, 그리고 지금도 쇠락해 가고 있는 소도시 같다. 알 수 없는 슬픔과 피로와 관광지 특유의 허영이 뒤섞여 있다. 1층 상가 위의 플랫들은 대부분 비어 있고 한눈에 보아도 관리가 잘 안되고 있다. 촌스럽고 싼티가 나는 물건들로 가득한 잡화점에서 실내화, 멀티탭, 가위 등, 당장 쓸 것들을 산 후에 슈퍼를 찾아 언덕을 더 올라가니 슈퍼는 없고 갑자기 큰 인파를 만난다. 희한하게도 힘겹게 기어 올라간 언덕 꼭대기에 기념품점, 레스토랑, 주점, 보석 가게, 헌책방, 모자 가게, 옷 가게 등이 줄지어 이어진 거리가 있다. 우연히 '마제스틱'이라는 이름의 예쁜 카페를 눈여겨보았는데, 집에 와서 인터넷을 찾아보니 조앤 롤링이 『해리 포터』를 집필했던 곳으로 유명하다 한다. 1921년에 문을 열어 100년이 넘은 역사를 가진 카페라니 그 자체로도 구경거리가 아닐 수 없다. 거리는 화려함에는 훨씬 못 미치는 크리스마스 전등 장식이 도로를 가로질러 걸려 있고, 어둠과 예쁜 조명들이 그런대로 잘 어울리는 길 위엔 관광객들로 북적인다. 결국 다시 언덕 아래로 내려와 상 벤투역 근처에서 물어물어 겨우 슈퍼마켓을 찾

17

아 이것저것 골라 담아 바퀴 달린 트렁크에 넣고 집으로 돌아온다. 차가 없으니 며칠 간격으로 관광용 트렁크에 이렇게 먹을 것을 사 나르는 이상한 일을 계속해야 한다.

잠깐 언덕배기를 올라갔다가 내려온 꼴인데 무려 12,000보 이상을 걸었다. 이곳에서는 다이어트를 걱정할 필요가 없을 것 같다. 집주인은 사전에 내가 부탁한 대로 작업용 책상을 하나 준비해 주었고, 크리스마스가 지난 다음 주 초에 최 시인을 위해 책상 하나를 더 가져다 주겠다고 한다. 좋은 글을 읽고, 좋은 글을 쓸 수 있다면, 거기가 천국이다. 포르투의 첫인상은 쇠락한 제국처럼 낡고, 가난하고, 오래되었으며, 리노베이션의 의지가 전혀 없는 공간이라는 것이다. 아마도 이 안에 포르투의 매력이 있을 것 같다. 이제 시작인데 내 안의 어떤 나는 벌써 이곳을 떠나기 싫어하고 있다.

2023.12.23

5

늦은 아침을 먹은 후에 동 루이스 다리Ponte de Dom Luís를 향해 출발. 포르투 관광의 중심이라 할 수 있는 이 다리는 1886년에 개통했는데 (에펠탑을 설계한) 구스타브 에펠의 제자가 설계를 맡아서인지 철근 구조에다가 에펠탑의 분위기가 물씬 풍긴다. 수직의 에펠탑을 구겼다가 수평으로 작게 펴면 대충 이런 모습이 나오지 않을까.

이 다리는 우리 숙소에서 불과 50여 미터 떨어져 있는데, 다리가 시작되기 전 도로의 오른쪽엔 매일 밤 파두를 공연하는 검은 문의 작은 주점이 있고, 왼쪽엔 촌스러운 간판의 중국 레스토랑이 있다. 아치형의 다리는 상층부와 하층부로 나뉘어 있는데, 상층부엔 트램 철로와 보행자 통로가 있다. 다리 위에서 바다로 흘러 나가는 도루강의 아름다운 전망을 멀리 가까이 내려다볼 수 있고 건너편 언덕의 모루 정원Morro Garden에 오르면 포르투에서 가장 아름다운 노을을 즐길 수 있다. 황혼 무렵이면 포도주병을 든 젊은이들이 담배연기를 구름처럼 내뿜으며 몰려든다고 한다.

다리를 건너기 전 오른편 아래쪽엔 겨울인데도 초록색 풀들이 무성하게 자란 폐가들이 몇 채 눈에 띈다. 세계적인 명성의 관광지에, 지붕도 날아가고 시멘트 기둥만 앙상하게 남은

저 폐가들은 도대체 무슨 의미일까. 카네이션 혁명 이후 포르투갈의 경제에 대해서도, 포르투 시민들의 일반적인 삶의 방식에 대해서도 무지한 나로서는 그 이유를 정확히 알 수 없지만, 어쨌든 포르투엔 사라진 영광과 쇠락한 제국의 그림자가 애잔하게 스며 있다.

다리를 건너 모루 정원으로 가니 길가에 모락모락 흰 연기를 내며 군밤을 파는 노점상이 있다. 군밤 봉지는 두 개의 봉투를 붙여놓은 모습인데, 한쪽의 밤을 까서 먹고 껍질을 반대쪽에 넣으라고 설명을 해준다. 그곳에서 소금에 구운 군밤을 한 봉지 사들고 골목길을 따라 다시 강변으로 내려오는 동안에도 여러 채의 폐가들을 만났다. 리노베이션을 한 후에 숙소나 카페 등으로 활용하면 돈벌이가 될 것 같은, 한국식으로 말하면 '황금 상권'일 이곳은 그러나 그런 경제 논리로부터는 멀리 벗어나 있다. 현관문에 커다란 자물쇠가 달린, 집의 기능을 상실한 채 썩어가고 있는 집들이 여럿 보인다.

가까이서 본 도루 강물은 의외로 물살이 세고, 관광객을 싣고 도루강의 여섯 개의 다리를 중심으로 움직이는 작은 배들이 여기 저기 떠다닌다. 하층부의 다리를 건너 다시 반대편 강가로 건너오니 사진으로만 보던 아름다운 강가의 풍경이 펼쳐진다. 이곳을 히베이라Ribeira 지구 혹은 광장라고 부르는데, 공예품을 파는 노점상들, 다양한 장르의 음악을 연주하는 버스커들, 군밤 장사, 노상에 테이블을 내어놓은 아름다운 카페와 레스토랑들이 줄지어 있다.

'마리나'라는 이름의 레스토랑에서 농어 구이grilled rock bass와 포르투갈의 국민 맥주인 수퍼 복Super Bock으로 점심. 올리브 기름으로 잘 구운 농어 한 마리와 샐러드, 그리고 대여섯 개의 작은 통감자들을 곁들인 농어 구이는 15유로, 수퍼 복 생맥주는 한 잔에 채 3유로가 되지 않는다. 수퍼 복은 그 명성에 충분히 값할 정도로 깔끔하고 맛있다. 겨울 햇살이 봄햇살처럼 따스하고, 레스토랑에서 식사를 하고 있는 사람들의 얼굴이 하나같이 붉다.

다리 반대편 강가를 따라 걷다가 다시 언덕으로 한참 오르니 다시 상 벤투역이 나타난다. 이 언덕 좌우에 늘어선 상가들은 첫날 상 벤투역 뒤편 언덕에서 본 풍경과는 사뭇 다르게 고급스럽고 깨끗하다. 한국 마켓에 가려던 예정을 접고 숙소로 들어오니 총 7천 보 정도를 걸었다. 포르투는 이렇게 작고 아담한 항구 도시여서 중심가에 숙소를 얻으면 웬만한 곳은 걸어서 모두 방문할 수 있다.

오늘의 잊지 못할 에피소드 하나. 철골 구조라 약간 흔들리는 느낌의 동 루이스 다리를 건너면서 최 시인의 고소공포증이 드디어 발현. 최 시인은 그 아름다운 도루강의 풍경도 보

지 못한 채 땀을 뻘뻘 흘리며 앞만 보고 다리를 건넌다. 내 팔
짱을 꽉 끼고 건넜는데 얼마나 세게 잡는지 내 살이 떨어져 나
가는 줄 알았다면 약간의 과장일까. 오늘 아침에 최 시인은 조
만간 우황청심환을 먹은 후에 다시 다리를 건너 그 아름다운
풍경을 꼭 보고야 말겠다고 전의를 불태웠다.

2023.12.24

6

포르투에서의 생활이 점점 자리를 잡아간다. 특별한 것은
없다. 산책을 겸한 하루 한 차례의 외출. 나머지 일상은 한국에
서와 같다. 책 읽고 글 쓰고 가끔 그림 그리기.

오전에 집주인 찰스가 최 시인과 나를 위하여 추가로 책
상 하나와 독서용 램프 2개를 더 사서 가져왔다. 내가 특별히
부탁했으므로 계산하려 하니 찰스는 막무가내로 그저 '엔조이
enjoy' 하란다. 오늘은 특별한 날성탄절 이브이라 저녁 무렵 도루 강
변에 나가 노을과 야경을 보며 약간의 사치를 부린 식사를 하
려던 우리의 계획은 취소되었다. 찰스가 포르투갈 사람들은 크
리스마스 때엔 되도록 가족들과 함께 보내기 때문에 문을 연
레스토랑이나 주점이 거의 없을 수도 있다고 말해주었기 때문
이다. 집에서 밥을 먹고 저녁 무렵 강변에 나가니 찰스의 말대
로 그 많은 레스토랑과 카페가 대부분 문을 닫았다. 크리스마
스 때 흥청망청 집 밖으로 몰려 나가 떠들고 노는 문화에 익숙

크리스마스 연휴, 히베리아 광장의 문 닫은 레스토랑

크리스마스 연휴, 거의 문을 닫은 히베리아 광장의 카페, 레스토랑

한 한국인에게 히베이라 관광지구는 돈도 유흥도 좋지만 '명절
은 가족끼리'라는 귀한 메시지를 준다. 유흥 대신 히베이라 강
변은 오늘 저녁 처절하게 붉은 노을을 우리에게 선사해 주었
다. 동 루이스 다리 위에도, 멀리 모루 정원에도, 그 위의 세하
두 필라르Serra do Pilar 수도원 전망대에도 일몰을 구경하는 관광객
들이 작은 실루엣들처럼 서 있다. 내게 노을은 거의 언제나 예
외 없이 슬프다. 사람들 사이 여기저기에서 귀에 익숙한 모국

23

어가 들려온다.

무게 때문에 종이책은 한 권도 가지고 오지 않았지만, 태블릿에 필요 이상의 PDF 책들이 잔뜩 쌓여 있다. 문제는 전부 영어 원서라는 것. 어제는 페소아F. Pessoa의 영문판 시선집 『전 우주보다 약간 더 큰 A Little Larger Than the Entire Universe』을 읽었다. 앞으로 몇 주에 걸쳐 조금씩 오래 읽으려고 한다. 포르투갈 출신으로 "20세기 가장 중요한 문학인 중의 한 명"으로 가장 널리 알려진 페소아는 자기 글의 필자로 수십 명의 '다른 이름heteronym'들을 사용했는데, 이 시집은 카에이로Alberto Caeiro, 레이스Ricardo Reis, 캄포스Álvaro de Campos, 그리고 페소아 자신의 이름으로 출판된 시집들에서 발췌한 시들을 묶은 것이다. "한 나라의 탄생"이라는 제목의 역자 서문을 읽어보니 포르투갈어로 '페소아'는 '사람person'을 의미한다고 한다. 페소아는 문청 시절부터 자기 안의 많은 '사람들'을 의식했고, 70여 명의 '다른 이름'들을 사용해 글을 발표했다. 그중에 가장 널리 알려진 '다른 이름'들이 위의 세 이름이다. 그에게 이런 이름들이 '가명pseudonym'이 아니었던 이유는 이들이 그 안의 다른 자신페소아들이었기 때문이다. 그는 이런 이름들을 동원하여 때로 비대중적이고 다소 극단적인 견해들을 발표하곤 했다.

2023.12.25

7

오늘은 포르투대학Porto University 쪽으로 산책. 구글 지도를 보니 숙소에서 불과 1킬로미터 거리에 있다. 찾아보니 QS 세계대학 랭킹 253위, 유럽대학 랭킹 12위 정도의 유수 대학이다. 1911년 설립된 대학으로, 건축학부, 예술학부, 의학부, 치의학부, 경제학부, 법학부, 공학부 등 14개의 학부faculty를 가지고 있다. 포르투 시내에 모두 3개의 캠퍼스를 가지고 있는데 지도로 보기에는 포르투 시내 북서쪽 도루 강변 쪽의 캠퍼스가 가장 넓고 크다. 오늘은 숙소에서 제일 가까운 쪽 캠퍼스를 방문하였다. 포르투대학의 역사를 말해주는 거대한 박물관 같은 건물 아래 내리막길로 가니 캡을 쓴 젊은 버스커가 일렉트릭 기타를 연주하며 비틀즈의 〈Let It Be〉를 부르고 있다. 우연히 보니, 길 건너편에 그 유명한 렐루 서점Livraria Lello이 있다. 조안 롤링이 『해리 포터』를 쓸 때 영감을 받은 곳이라 알려져 있고, 실제로 세계에서 가장 아름다운 서점 중의 하나라는 명성에 어울리는 책방인데 오늘은 크리스마스 연휴라서인지 문을 닫았다. 진열창으로 사탕 더미에 거꾸로 처박힌 산타 할배의 모습이 보인다. 그 위에 매달려 있는 초록색 손은 또 무엇인가.

포르투대학을 오르기 전 언덕길에는 클레리구스 성당의 높은 종탑Clérigos Tower이 보인다. 매일 오후 네 시가 되면 49개의 종에서 종소리가 울려 퍼져 포르투 시내를 적신다고 한다. 입장료가 따로 있는 것으로 보아 내부에도 볼 것이 많은 모양인데 그것은 다음 방문으로 미룬다. 집에 돌아와 저녁을 먹은 후에 책상에 앉아 작은 화집에 연필로 종탑을 그렸다. 가능한 매

Clérigos
cathedral.
Porto. 2023. 12. 20.
Oh. min.cale

클레리구스 타우어

도루 강변의 노을

저녁 무렵, 동 루이 다리

일 한 장씩 그려보려고 하는데 잘 될지 모르겠다. 그림을 그려
보면 알지만, 모든 예술은 대상의 재현이 아니라 새로운 세계
의 창조이다. 표현의 순간, 원본과 예술 작품 사이에 타협 불가
능한 거리가 생긴다. 더러운 쓰레기통도 그림으로 그려놓으면
아름답다. 시도 마찬가지이다.

　비토리아 전망대를 거쳐 히베이라 강변^{도루 강변}으로 내려와
유일하게 문을 연 레스토랑에서 포르투갈의 대표 음식 중의 하
나인 프란세지냐^{francesinha}로 점심을 먹었다. 햄, 소고기 등심 등을

27

넣은 샌드위치 위에 녹인 치즈와 소스를 듬뿍 덮고 그 위에 계란 후라이를 얹은 메인 디쉬가 프렌치 프라이와 함께 나오는데, 한마디로 칼로리 폭발 음식이다. 보통 20유로 정도 하는데 소식을 하는 사람들을 위해 1/2을 10유로에 내놓는 식당도 있다. 포르투 대학 앞에서는 영어로 대구 케이크codfish cake라고 번역 되어 있는 음식을 간식으로 먹었는데, 대구를 갈아 넣은 타원형의 빵 속에 녹인 치즈가 가득 들어 있다. 가격은 5유로. 바다가 가까워서인 지 포르투엔 해산물 요리가 흔하고 종류도 매우 다양하다. 육고 기보다도 해산물을 좋아하는 내겐 매우 반가운 일이다.

포르투대학, 비토리아 전망대, 히베이라 강변을 거쳐 대략 1만 보를 걸어 숙소로 돌아오는 도중에 여기저기 골목길을 들 어가 봤다. 실제로 포르투의 많은 골목에 산재해 있는 주택들주 로 플랫들은 사람이 살지 않거나 폐허가 된 곳이 많다. 포르투갈의 GDP가 대략 세계 49~50위 수준인데 포르투의 골목 상권들은 활성화되어 있지 않고 무슨 이유에서인지 공동화되어 있는 곳 이 많다. 낡은 주거지 창밖으로 여기저기 빨래들이 내걸린 을씨 년스러운 풍경들을 흔히 볼 수 있다. 어느 곳에나 '지긋지긋한 생계'가 있다. 도루강을 약간 높은 곳에서 내려다볼 수 있는 비 토리아 전망대도 말이 전망대이지 잔디도 깔려 있지 않고 포장 도 되어 있지 않은 맨땅의 작은 공터이다. 전망대 근처를 지나 다 보니 자물쇠가 잠긴 어떤 폐가 문 앞에 (누군지 모를 사람들이) 이런저런 크리스마스 장식물들을 걸어놓은 모습이 보인다. 폐

포르투 뒷골목의 폐허

언덕이 많은 포르투 뒷골목

허를 이기려는 아름다운 마음이 여기에 있다.

8

집에서 불과 500미터 거리에 마제스틱 카페Café Majestic가 있다. 캐나다 동북부의 오지라면 오지라 할 수도 있는 프린스 에드워드 아일랜드 일대가 루시 모드 몽고메리Lucy Maud Montgomery의 『빨간 머리 앤』으로 먹고 사는 것을 본 적이 있다. 특별한 사적지나 화려한 볼거리도 드물고, 어찌 보면 버려진 땅처럼 광활하며 황량하기까지 한 이 지역은 카페, 레스토랑, 기념품점 등 어디를 가나 빨간 머리 앤을 인형, 책, 도자기, 옷, 컵, 앞치마, 타일 등으로 상품화해서 팔고 있다. 개성 넘치는 말괄량이 빨간 머리는 영원히 죽지 않고 이 일대 수많은 사람의 생계가 되고 있다. 마제스틱 카페 역시 그 자체 정말 세상에서 가장 아름다운 카페 중의 하나이기도 하지만, 가난했던 영어 강사 조앤 롤링이 『해리포터와 마법사의 돌』『해리포터』연작첫권을 집필했던 장소로 유명하다. 지금은 명소 중의 명소가 되어서 언제나 관광객들로 넘친다. 한밤중에 갔는데도 줄을 길게 서 있어서 들어갈 엄두도 못 내었다.

매저스틱 카페가 있는 산타 카타리나Santa Catarina 거리는 말하자면 포르투의 명동이다. 유명 브랜드에서 중저가 상품까지 파는 화려하고도 아름다운 쇼핑몰과 상가들이 줄지어 서 있으며, 포르투에서 관광객이 가장 많이 몰리는 지역이기도 하다. 어젯밤에는 마치 크리스마스 때의 옛 명동거리를 연상케 할 정도로 사람들이 많았다. 포르투의 상징이라 할 수 있는 동 루이 다리가 있는 히베이라 지구보다 이곳에 훨씬 많은 사람이 몰려든다. 이 지역만 보면 포르투 경제가 엄청나게 활성화되어 있는 것처럼 보이지만,

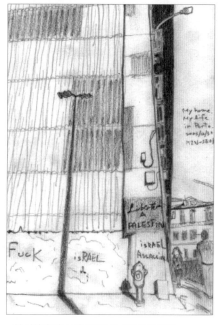

최 시인과 내가 체류하던 집. 이 건물의 3층

내가 볼 때 이 거리를 지나는 대부분의 사람들은 나같은 뜨내기 관광객들이다.

사람들이

같은 장소에 오래 있는 것을 지루해한다면

왜 같은 자아를 오래 가지고 있는 것에 대해서는

지겨워하면 안 되지?

내 영혼은 나를 찾지만

나는 계속 도망치며

내가 결코 발견되지 않기를

진심으로 바라지.

31

9

포르투는 이름 그대로 항구 도시이고 그 중심을 흐르는 도루강은 북대서양을 코 앞에 두고 있다. 시내에서 버스나 트램을 타면 빙빙 돌아도 넉넉히 20분이면 바다에 가 닿을 수 있다. 그래서인지 포르투 시내 어느 곳에서나 갈매기들을 흔히 볼 수 있다. 몇 킬로미터 너머에 있는 바다를 연상하지 않으면 시내의 갈매기들은 왠지 뜬금없다고 느껴질 수도 있다. 황지우의 시 「제1한강교에 날아든 갈매기」도 그런 뜬금없음에 대한 인식에서 시작된 것이다.

저도 먹고 살려고 바둥대다보니까 여기까지 왔겠지, 라고만
생각했지만
그는 잘못 날아가고 있었다
그는 잘못 날아왔었다
그는 잘못 날아가고 있었다
그는 잘못 날아왔었다
아, 이렇게 정지된 순간에, 제1한강교에서 반포 아파트 쪽으
로 바라본 한강은
얼핏 보면 바다 같고
자세히 보면 사이비 바다다

돌아와라, 포르투로.
porto
2024. 2. 3
박스경

돌아와요, 포르투로. 도루 강변의 갈매기

장산곶, 백령도 용기포, 대청도, 장자도, 소연평도, 주문도,
교동도……

　　혹은 어청도, 궁시도, 흑도, 가덕도, 백아도, 선미도, 소야도,
장봉도……

　　혜화동 영세 출판사 사무실에 붙은 백만분지 일 우리 나라 지
도에서 나는 그의 *海圖*를 찾는다.

황지우, 「제1한강교에 날아든 갈매기」 부분

황지우는 이 작품에서 "일천구백오십년 북으로부터 남하
하기 시작한 피난민들과 일천구백육십일년 남으로부터 북상
했던 해병 제공공사단 병력들이 내려오고 올라갔던 제1한강
교"까지 떠올리지만, 그런 사연을 알 리 없는 갈매기들은 그저
"먹고 살려고 바둥대다보니까" 제1한강교까지 날아온 것이 정
답일 것이다.

이곳의 갈매기들도 생계를 위하여 바다를 버리고 시내로
날아와 쓰레기통을 뒤지면서 사는데, 우리가 묵고 있는 플랫의
창밖으로도 수시로 갈매기 울음소리가 들린다. 길 건너편의 포
르투 성당에서 매 시에 울려 퍼지는 종소리와 갈매기 울음이
어울릴 때, 나는 붉은 구름 너머 바다로 가는 거대한 범선들이
자꾸 떠오른다. 아마도 대항해시대의 포르투갈이 자동으로 연
상되는 것 같다. 3층의 플랫인 우리 집의 부엌 쪽 베란다엔 가
로등의 머리가 손으로 만질 수 있을 정도로 가까이 있는데, 그

자리에도 수시로 갈매기가 내려와 앉는다. 어젠 모처럼 삼겹살을 구워 한국식 오찬을 즐기고 있는데 창밖으로 커다란 갈매기 한 마리가 거기에 앉아 우리를 들여다보고 있었다. 따지고 보면 문화도 "먹고 살려고 바둥대다보니까" 생긴 것이다. 그러므로 훌륭한 문화적 산물예술일수록 먹고 사는 문제를 외면하지 않는다. 거기에서 생사의 복잡한 지도가 시작된다.

2023.12.28

10

최 시인이 온라인 강의를 하는 동안 혼자 산책. 비가 부슬부슬 내리는 오전. 포르투의 겨울 날씨는 대략 영상 7~8도에서 15도 정도여서 한국의 한파를 뚫고 온 사람에겐 전혀 겨울로 느껴지지 않는다. 물론 품종은 다르지만 어딜 가나 잔디는 파랗고, 주민들이 골목에 내놓은 화분들도 초록 잎들이 무성하다. 바로 집 건너편에 있는 포르투 성당으로 향하니 우중에도 사람들이 많다. 성당 경내로 들어가니 지나가며 밖에서 보던 것보다 훨씬 유서 깊어 보이고 규모도 엄청나게 커서 가까운 거리에서는 한 번에 카메라 앵글 안에 들어오질 않는다. 12세기에 로마네스크 양식으로 지어지기 시작해 오랜 세월에 걸쳐 고딕, 로코코 양식 등이 덧보태진 건물이라고 한다. 공중에서 찍은 본당 사진을 보면 익랑翼廊이 있는 십자가 모양이어서 기본 틀은 로마네스크 양식임이 분명하다.

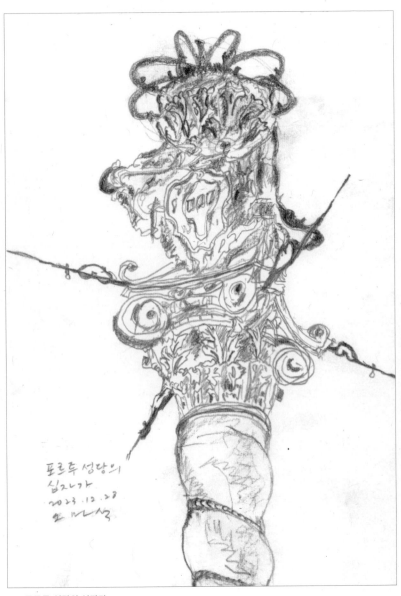

포르투 성당의
십자가
2023.12.28
오 ㅁ ㅅ

포르투 성당의 십자가

성당 옆 마당, 화강암을 깎아 높이 세운 십자가. 문양이 매우 화려하고 복잡하며 섬세하다. 창세 이래 인류사에 축적 되어온 수많은 불행과 기도에 대해 잠시 생각. 도루강이 내려다보이는 성당의 담장 아래에서 찔끔찔끔 검은 수염을 기르고 학자처럼 생긴 젊은 버스커가 심각한 얼굴로 첼로를 연주하고 있다. 작은 스피커에서 성당이라는 공간에는 좀 과하다 싶게 뭉툭하고 큰 소리가 난다. 그러나 그가 연주하는 세미 클래식 기독교 음악은 우중이라 그런지 자꾸 가라앉아 잿빛이 된다. 무겁고 힘든 짐들을 지고 저마다 주어진 행로를 지나는 사람들. 평생 자비를 빌었으나 병든 몸을 지탱하는 것 외에 아무런 자비를 받지 못한 사람들. 황색 저널리즘과 일방적인 검찰 조사에 시달리다가 어제 세상을 버린 한국의 젊은 배우. 건널 수 없는 강 앞에 선 심정이었던 시절의 기억. 총칼에 맞선 저항. 변절. 천 년 전에 지어진 거대한 성당. "궁전 같은 주교의 대저택bishop's palace"이라는 표지판이 붙어 있는 부속 건물. 성당 담장 아래 펼쳐진 가난한 골목. 거기에 문을 닫은 지 오래되어 보이는 파두pado 전용 선술집. 장가도 못 간 채 세상 바닥을 기다가 오래전 세상을 떠난 초등학교 동창 기철이. 누구에게나 불안한 미래. 너는 지금 어디로 가고 있니. 그래, 나는 내가 사랑으로 확산하여 있을 때만 살아 있음을 느껴. 정답을 잘 아는 것 같은데도 왜 잘 안될까.

밤에는 최 시인과 우산을 쓰고 비 내리는 도루 강변을 산책. 그새 물이 많이 불어 물살이 깊고 세며 험하다. 그 위로 백열등 조명 때문에 황금색으로 바뀐 동 루이스 다리가 환하게 빛난다. 강이 내려다보이는 2층의 레스토랑에서 구운 도미 요리에 생맥주 각 두 잔씩을 마시고 천천히 언덕을 걸어 올라 집으로 돌아옴. 내일부터 며칠간 계속 비가 올 것이라는 기상 예보. 그래도 마감일이 다가오는 원고를 집필하고, 산책을 하고, 사랑을 발명하고.

2023.12.29

11

며칠째 보슬비. 비는 오는 듯 마는 듯 보이지 않는 손으로 대지를 적시며 계속 내린다. 산책하다가 비가 그친 것 같아 우산 밖으로 손을 내밀면 안개 같은 물방울이 손바닥에 만져진다. 비가 그친 줄 알고 우산을 접은 채 걸어가는 행인들은 금세 흠뻑 젖은 자신을 발견하고 만다. 더도 덜도 없이 우산을 쓴 행인들과 쓰지 않은 행인들이 반쯤 섞여 걸어가는 거리를 보며 뜬금없이 최 시인에게 말을 건다. "런던 포그London fog가 바로 이런 거 아닐까?" 가랑비는 낭만과 우울을 뒤섞으며 까마득히 높은 곳에서 이 바닥으로 내려오네.

날이 어두워진 후에 처음으로 동 루이 다리 아래 급경사 지역을 따라 도루 강변으로 내려가 본다. 상 벤투역 쪽으로 돌아서 내려가면 경사가 훨씬 완만해서 지금까지 이 길로 간 적이 없었다. 급경사의 계단이 이어진 골목엔 커다랗고 노란 가로등이 포근하게 줄줄이 켜져 있지만, 사람들이 거의 없어서 발걸음이 절로 빨라진다. 히베이라 광장에 내려가니 강가에 안개가 자욱하다. 젊은 버스커가 어쿠스틱을 연주하며 벤 이 킹 Ben E. King의 〈스탠 바이 미Stand By Me〉를 열창하고 있다. 제법 큰 노천카페를 가득 메운 사람들이 그를 쳐다보며 환호를 보낸다. 바로 그 앞에서 배낭을 맨 같은 또래의 젊은 여성 둘이서 연신 몸을 흔들며 춤을 춘다.

밤이 찾아오고
대지는 어두워져
달빛만이 유일한 빛일지라도
난 두렵지 않아
난 두렵지 않아
당신만 곁에 있어 준다면
스탠 바이 미
스탠 바이 미

군밤 장사의 손수레에서 뿜어 나오는 흰 연기와 안개가 뒤섞여 온통 희뿌연 히베이라 광장에 아내와 함께 서서, 생이 이런 것이라면 좀 오래 살고 싶다는 생각을, 문득, 한다. 생이 아름다워서 미칠 것 같은 순간은 평생에 도대체 몇 번이나 올까. 왜 그렇게 오지 않을까.

흐린 날.
거리의 가수
포르투 대성당 그르고
Porto Cathedral
2024/02/08
박성실

포르투 대성당의 젊은 버스커

낮에 장을 보기 위해 찾았던 산타 카타리나 거리. 거기 벽에 쓰여 있던 검은 색의 스프레이 페인트 낙서. "메리 크리스마스"가 아닌 "메리 크라이시스Merry Crisis". 생의 지뢰밭 위에 잠든 사람들. 주여, 당신의 피조물들에게 자비를 베푸소서.

2023.12.30

12

히베이라 광장으로의 산책이 거의 일과가 되어버렸다. 며칠 내리던 가랑비가 멈추니 포르투 성당 너머 도루 강변의 노을이 모처럼 붉다. 해 저문 히베이라 광장엔 잠깐의 우기에서 해방된 사람들이 몰려나와 밤 산책과 노천카페에서의 휴식을 즐긴다. 노천카페 여기저기서 향기롭고 구수한 담배 냄새가 풍겨 나온다. 이곳은 흡연에 대해 한국처럼 까다롭지 않은 편이어서 실내가 아니면 어디에서든지 자유롭게 담배를 피운다. 40여 년 애연가에다 담배를 끊은 지 겨우 1년이 조금 지난 나는 아직도

동 루이 다리

히베이라 광장

담배 냄새가 참 좋다. 그렇다고 해서 흡연 욕구가 발동하는 것은 아닌데, 건강 같은 것을 생각하지 않아도 되었던 시절과 그 시절의 대책 없던 흡연 습관이 가끔 그립다. 이제 막 함부로 살 수 없으니 늙은 거라면 할 말 없다.

히베이라 광장엘 가면 거의 매일 다른 버스커들을 만날 수 있다. 오늘은 커플로 보이는 남녀 포크 싱어의 노래와 흑인 래퍼의 퍼포먼스에 가까운 춤, 동 루이스 다리 아래쪽에서의 불 쇼, 그리고 장발의 청년이 색소폰으로 연주하는 에디트 피아프의 〈장밋빛 인생〉을 들을 수 있었다. 〈장밋빛 인생〉은 언제 들어도 슬픈 모험과 위험한 사랑의 분위기가 철철 넘쳐서 한 번도 그런 험한 사랑을 해본 적이 없는 사람들의 마음을 마구 휘젓는다. 창녀촌에서 할머니의 손에서 자란 에디트 피아프의 삶과 사랑 자체가 마치 지뢰밭 같아서 옆에서 누구든 그것을 지켜보는 자가 있다면 언제 터질지 모를 비극에 가슴을 졸이지 않을 수 없었을 것이다. 멀리 도루 강변에서 색소폰으로 〈장밋빛 인생〉을 듣는 동안, 상처 입은 작은 참새piaf 한 마리가 내 마음의 강을 휙 건너간다.

히베이라 광장을 지나 동 루이스 다리의 하단부를 건너 빌라 노바 드 가이아 지구Vila Nova de Gaia, 줄여서 가이아 지구라 부른다로 건너간다. 도루 강의 북쪽이 히베이라 광장이라면 반대편인 남쪽이 가이아 지구이다. 가이아 지구는 히베이라 광장보다 넓고

언덕 위의 세라 두 필라르 수도원

잘 정돈된 산책로가 있어서 훨씬 시원한 느낌을 준다. 야간에
건너편 히베이라 광장 쪽의 환상적인 야경과 오른쪽 꼭대기로
는 흰 조명을 받아 빛나는 세라 두 필라르 수도원의 멋진 돔 지
붕을 비교적 가까이서 볼 수 있다. 왼쪽으로 줄지어 있는 노천
카페들, 레스토랑, 정어리 통조림 전문점, 대구 케이크 전문 레
스토랑 등의 낮고 아름다운 건물들 뒤쪽으로 창고처럼 생긴
건축물들이 많이 보이는데 그것들이 대부분 가이아 지구를 '포
트 와인Port wine의 성지'로 만들어 준 와이너리들이다. 1850년
대 후반에 문을 연 칼렘 와이너리Cálem Winery, 샌드맨 와이너리
Sandeman Winery, 1690년대 후반에 영국인 무역상이 창립했다는 테
일러 와이너리Taylor's Port 등이 이곳에 몰려 있다. 지나다 보니 가

가이아 지구의 와이너리

가이아 지구의 정어리 통조림 전문점

가이아 지구에서 측면으로 본
한밤의 동 루이 다리

이아 지구 서쪽 끝 언덕에 그 유명한 그레이엄 와이너리Graham's 도 있다. 포르투에 와서 최 시인과 처음 맛본 포트 와인이 2008 년산 그레이엄 L.B.VLate Bottled Vintage였다. 무려 20도에 매혹적인 달콤함이 압도적인 포도주이다. 평소에 포도주보다 빨간 딱지 소주를 더 좋아하는 우리도 여기에 오니 자연스레 포도주를 맛보게 된다. 어제는 마테우스Mateus 오리지날 호제Rose 750 밀리 짜리11도를 슈퍼마켓에서 4유로싸다!에 사 가지고 와 홀짝홀짝 마 셨다. 포트 와인처럼 달지 않고 약간의 스파클링이 있는 핑크 빛의 와인인데 그런대로 괜찮다. 도루 강변의 밤은 방문 횟수 만큼 새롭다.

2023.12.30

13

오늘은 포르투 성당 담장 아래의 한 폐가를 (연필로) 드로 잉. 얼치기 아마추어 화가가 도저히 흉내낼 수 없는 저 멸망의 깊이. 내려앉은 지붕, 곰팡이와 이끼가 자욱한 벽, 깨진 유리창, 녹슨 철제 난간들, 형형색색의 그라피티. 외롭고, 황량한, 그럼 에도 (미안하지만) 아름다운 얼굴.

새해를 하루 앞둔 저녁, 모루 정원 언덕엔 사람들로 가득 하다. 모두 같은 곳을 바라보고 있다. 그곳은 바로 매일 해가 지 는 곳. 도루강이 끝나고 북대서양이 시작되는 서쪽 끝을 세계 각지에서 온 관광객들이 일제히 쳐다보고 있다. 무대가 열리기

도루강의 노을을 보기 위하여 모루 정원에 몰린 사람들. 거의 매일 이런 풍경이 연출된다

를 기다리는 축제의 관중들처럼 다들 흥분해 있다. 저마다 자기 방식으로 마음이 들뜬 사람들, 사이로 담배 연기가 구름처럼 피어오르고, 사람들은 여기저기에 앉아 들고 온 포도주를 마신다. 장사들이 싸구려 포도주병들이 든 아이스박스를 매고 일회용 플라스틱 포도주잔을 흔들며 지나간다. 여지 없이 먼 옛날 한국의 '아이스 케키' 장사 같다. 그러나 기다리던 노을은 날이 어두워지도록 끝내 나타나지 않음. 일시적으로 같은 장소에 같은 목적을 가지고 모인 사람들이 조금씩 천천히 흩어진다. 그래도 서로 다른 많은 사람이 좋은 생각, 같은 정서를 잠시라도 공유하고 함께 모여 있다는 것은, 따뜻한 일 같다. 일종의 잔치 기분이라고나 할까.

열리지 않은 무대를 뒤로 하고 집 방향으로 동 루이스 다리를 건너와 노천카페에서 최 시인과 수제 맥주 각 두 잔씩. 값은 조금 비싸지만 향과 맛이 기가 막혀서 언제고 다시 또 찾을

아름다운 폐허라 불러도 되나

것 같다. 파두 공연을 하는 건너편의 작은 콘서트장은 오늘 문이 닫혀 있다. 이렇게 또 한 해가 간다. 감사하다. 새해에는 사랑으로 더 커지기를. 우리가 사랑하는 사람들 모두 건강하고 행복하기를. 우리 모두 "아름다운 폐인"황지우이 되고 있음을 자주 잊기를.

2023.12.31

14

새해 첫날. 오늘은 가까운 바다로 산책. 포르투 시내에서 바다북대서양로 나가려면 트램이나 버스를 타면 된다. 상 벤투역 앞에서 500번 버스를 타면 편도 2.5유로에 페르골라 다 포즈Pergola da Foz라 불리는 북대서양 앞바다로 편하게 이동할 수 있다. 시내 교통 상황에 따라 다르지만 대략 20분 정도 걸린다. 트램을 타려면 도루강 가의 인판테Infante라는 정류장을 찾아가야 한다. 상 벤투역을 기준으로 걸어서 800미터 정도 떨어져 있으므로 포르투 시내에 머물고 있다면 지도를 보고 내리막길을 따라 천천히 걸어가면 쉽게 찾을 수 있다. 바다로 가는 1번 트램은 편도 5유로로 버스삯의 두 배를 내야 하지만 버스에서는 절대 불가능한 웅숭깊은 문화의 향취를 느낄 수 있다. 현대판 대중교통 중에서는 아마도 가장 느릴 트램을 타고 덜커덩거리며 바다를 향해 가다보면, 잊고 지내지만 무의식 안에서 우리가 왜 낡은 것, 느린 것, 오래된 것을 죽도록 그리워하는지 절감하게 된다. 다같이 그렇게 살면 그냥 끝없이 편하고 좋다. 우리는 원래 저렇게 느려터지고, 한눈팔며 대책 없이 살았고, 그래도 아무 문제 없었다. 누가 우리에게 번개-속도의 채찍을 계속 내리치는가.

포르투의 트램은 19세기 후반에 만들어졌으며 지금은 3개 노선만이 운행 중인데, 차편은 모두 새것이 아니라 옛날 기계vintage tramcar 그대로이다. 듣기로는 리스본의 트램보다도 포르투의 트램이 더 오래된 것이라 한다. 겉으로 보기에는 낡은 철제 덩어리이지만 나는 트램에서 어떤 육중한 품위와 자부심 같은 것을 느낀다. 돌아오는 길에 2층 버스 안에서 내려다본, 같은 방향으로 세상 급할 것 없이 천천히 기어가는 트램은 마치 늙은 사자처럼 기품이 넘쳤다. 저 당당한 어깨와 무겁고 느려서 아름다운 보폭. 우리에게 저것으로 돌아가는 길은 이미 사라졌다. 속도의 칼바람에 존재의 몸뚱어리들이 점점 작아진다.

새해 첫날이라 카페와 레스토랑이 대부분 문을 닫았다. 겨우 찾은 포지니Fozzini라는 이름의 레스토랑에서 피자에 페헤이라Ferreira, 샌드맨Sandeman 포트 와인으로 점심. 종류 상관 없이

49

트램의 내부

트램을 타고 가서 만난 대서양, 마토시뉴스 해변

바다로 가는
트램
Infante 역
Porto
2024. 1. 1
민석

바다로 가는 트램

포트 와인의 깊은 단맛은 언제나 매혹적이다. 불쑥 잔이 아닌 병으로 다시 주문해 만취 절정에 빠지자고 최 시인에게 제안했다가 일거에 거절당함. 바닷가엔 수령이 오래된 야자수들이 봄바람 같은 겨울바람 속에서 흔들리고 있었고, 파도는 멀리서 봐도 거셌으며, 해변은 엷은 갈색이었다. 최 시인이 해변에서 붉은색이 도는 작은 돌들을 몇 개 주웠다.

2024.01.01

15

우리 집에서 뒤쪽으로 200미터 가량 올라가면 포르투의 명동이며 마제스틱 카페가 있는 산타 카타리나 거리를 만날 수 있는데, 그 거리를 만나기 전까지 길게 이어진 오르막의 골목은 낡고 어둠침침하며 늘 지저분하다. 그 골목 중간에 18세기에 세워진 작은 성당이 있는데, 그 성당도 낡고 우중충하기는 마찬가지이다. 심지어 화강암으로 만들어진 벽까지도 검게 썩어가고 있을 정도이다. 지난주에 내가 거의 소매치기를 당할 뻔한 것도 바로 이 골목에서였다. 그 이후 이 골목의 행인 중에 행색이 험한 사람들은 실제와 관계 없이 우리에게 우범자의 혐의를 받고 있다. 수공예품과 촌스러운 기념품을 파는 상점, 싸구려 옷 가게, 한국의 구멍가게와 비슷하게 생긴 수퍼, 인도 식료품점, 출입구가 매우 작은 이발소, 일본, 스페인, 아프리카 등 여러 나라 음식을 섞어 파는 조그만 레스토랑 등이 언덕을 따라 이어져 있다. 그런데 한눈에 보아도 주인들은 대부분 유색의 이주민들이다. 그러나 이들에게서 가난한 삶의 피로를 느끼기는 거의 힘들다. 이들은 매우 친절하며 명랑해서 서툰 영어로 유쾌하게 농담하기를 즐긴다. 오늘 수퍼 복 병맥주와 슈거 제로 콜라 몇 병을 사기 위해 들린 잡화점의 인도계 주인은 내게 북한에서 왔냐고 묻는다. 남한에서 왔다고 하니 미사일이 날아가는 제스처를 익살스럽게 하고 북한은 미사일밖에 모른다며 너스레를 떤다. 어디서나 정치적 대화는 불편하고 갑자기 할 말이 많아지게 만드는데, 대신에 나는 병맥주의 가격을 묻는다. 작은 병맥주와 캔 콜라의 가격이 똑같이 하나에 1.5유로이다. 내 머릿속으로 환율의 곱셈이 한창 이어진다. 소매점에서 다섯 병에 만원꼴이니 괜찮은 가격이다.

산타 카타리나 거리에 거의 도착하면 갑자기 우중충한 골목과 어울리지 않는 위풍당당한 어떤 건물의 후면부를 만나게 된다. 가파른 언덕에서 올려다본 핑크빛의 거대한 벽은 뜬금없으면서도 뭔가 위압적인 자세로 보행자들을 압도한다. 그중에서도 거대한 벽면 한 가운데 아무런 설명도 없이 화강암에 새겨진 늙은 사람의 강렬한 얼굴이 더욱 눈길을 끈다. 멀리 포르투 시내를 내려다보고 있는 그 얼굴은 유럽인이라기보다는 (포르투갈의 식민지였던) 남미 원주민에 가까운 인상이다. 부조인데도 매우 섬세해서 마치 방금 찍은 초상화 같은 느낌을 준다. 그의 얼굴엔, 절대 평안하지 않은, 오랜 세월의 풍파를 견뎌온 사람만의 강인한 슬픔 같은 것이 덕지덕지 묻어 있다. 어쨌든 그가 유럽 거리의 이곳저곳에 높이 서서 그저 그렇고 평범하기 짝이 없는 존재들을 한심한 듯 내려다보고 있는 영웅이 아닌 것만은 분명하다. 마침내 나는 화강암 덩어리에서 그 얼굴을 찾아 끄집어낸 조각가를 떠올리기까지 했는데, 그 생각의 결론은 이것을 스케치로 옮겨보자는 것이었다. 그리고 그것은 완전한 참패였다.

연말연시를 핑계로 며칠 미루어진 원고를 끝내면 '대학의 도시', '파두의 도시'로 불리는 코임브라Coimbra를 방문해 봐야지. 포르투에서 코임브라까지는 버스나 기차로 약 한 시간 반, 넉넉잡아 두 시간 정도 걸리니 당일치기로 다녀와도 될 듯하다. 그리고 며칠 걸려 장문의 연재 원고 하나를 더 끝내면 상벤투역에서 야간열차를 타고 리스본Lisboa으로 가야지. 포르투에서 그곳까지는 대략 두 시간 반에서 세 시간이면 충분하다. 리스본에선 시인 페르난도 페소아와 소설가 주제 사라마구Jose Saramago를 만나야 하고, 지상의 잠수함 같은 노란색 트램을 타야 하니 며칠 더 머물다 오기.

2024.01.02

16

우산을 들고나왔는데 비가 오지 않는다. 장대 우산을 지팡이 삼아 들고 동 루이스 다리를 건너 다시 가이아 지구 쪽으로 천천히 걸어 내려온다. 동 루이스 다리는 거의 언제나 사람

들로 붐빈다. 낯선 곳에서의 적절한 인구. 늘 느끼는 것이지만 썰렁한 것보다 좋다.

가이아 지구 뒤쪽 언덕에서 보면 세계적으로 유명한 포르투 와이너리들의 주황색 기와 지붕들이 내려다보인다. 하나같이 이끼나 잡초가 자란 지붕들이 길게는 이백 년 이상 묵은 와이너리들의 오랜 역사를 보여준다. 지붕들 너머로 도루강이 고요하게 흐르고, 강 건너 히베이라 광장의 언제 보아도 알록달록 아름다운 풍경이 한눈에 들어온다. 집에서 점심을 먹고 나왔지만, 오늘은 간단한 음식에 커피나 맥주를 마시며 좀 여유있는 산책을 하기로 한다. 강가를 따라 조금 걷다가 이내 사보레스 다 피니뉴Sabores da Fininha라는 이름의 레스토랑에 들어가 포르투 전통 음식으로 유명한 해물밥아호스 드 마리스쿠Arroz de Marisco과 생맥주 두 잔을 주문한다. 한국으로 치면 닭볶음탕을 주문하고 기다려야 할 정도의 긴 시간이 지나서야 비로소 주문한 음식이 나온다. 이제 포르투의 '느린 문화'에 익숙해져서 기 리는 것도 별로 지루하지 않다. 해물밥은 대체로 한국의 짬뽕밥과 비슷하나 그것보다 훨씬 순하고 자극이 덜하며 맛있다. 1인분만 주문해도 안주 겸 먹기에는 충분한 양이 나온다. 포르투에 와서 새삼 확인하게 되는 것은 이곳의 음식이 대체로 우리 입맛에 아주 잘 맞는다는 사실이다. 특히 풍부한 해물 요리들은 한국 음식에 대한 향수를 훨씬 줄여준다.

가이아 지구에서의 산책을 마치고 걷다 보니 건너편 히베이라 광장까지 운행하는 작은 배가 있다. 1인당 3.5유로의 뱃삯이 다소 비싼 편이기는 하지만, 10분도 채 걸리지 않아 우리를 히베이라로 데려다준다. 이번엔 평소에 집으로 돌아오던 상 벤투역 쪽 언덕길 대신에 지난번 트램을 탔던 인판테 정거장 쪽 언덕길을 선택하기로 한다. 플로레스라는 이름의 이 거리는 지금까지 본 포르투의 거리 중에서 가장 깨끗하고 세련된 모습이다. 히베이라 광장에서 상 벤투역으로 오르는 언덕길이 차량 행렬과 사람들로 복잡하고, 산타 카테리나 거리가 소비와 향락의 거리라면, 플로레스 거리는 정갈하고 고전적인 아름다움이 돋보이는 거리이다. 중간에 샤미네 다 모타Livaria Chamine da Mota라는 이름의 매우 중후하고 품격 있는 고서점도 있다.

한 기념품점에 들렀다가 우연히 페르난도 페소아의 시집들과 '파두의 여왕'이라 불리는 가수 아말리아 호드리게스Amália Rodrigues의 시집을 만났다. 이중언어포르투갈어와 영어로 되어 있는 페

56

가이아 지구 언덕에서 본 와이너리의 자붕들과 도루 강변

고서점 샤미네 다 모타

포르투의 거리 풍경

소아의 시집 『메시지^{Message}』, 『자기 분석과 서른 편의 다른 시들
^{Self-Analysis and Thirty Other Poems}』, 호드리게스의 『아말리아 호드리게스
시집^{Poems by Amália Rodrigues}』, 그리고 이것들을 담을 헝겊으로 된 이
쁘고 작은 에코백을 구입. 이 시집들은 모두 포르투갈 현지 리스
본의 출판사에서 나온 것이고, 특히 『자기 분석과 서른 한 편의
다른 시들』은 페소아의 시를 영어권 독자들에게 알리는 데 큰
이바지를 했던 미국 브라운대학^{Brown Univ.}의 조지 몬테이로^{George}
^{Monteiro} 교수가 편집한 "최고의 영역 시집"이자 "페소아 입문서
^{Pessoa for beginners}"이기도 하다. 점원이 나에게 일본인이냐고 묻더
니 일본인이라면 이 책의 일역본이 나와 있으니 사지 말라고
친절하게 알려준다.

집에 와서 약 50매 정도의 평론 원고를 끝내고 오늘 구입
한 시집들을 조금 뒤적이다가 취침. 내일은 최 시인의 온라인
강의가 있으므로 모레쯤 코임브라에 다녀오기로.

2023.01.03

17

관광지인 가이아 지구나 히베이라 광장 쪽에서만 동 루
이스 다리를 볼 것이 아니라 뒤에서 보는 것도 재미있을 것 같
았다. 우리는 동 루이스 다리의 동쪽 뒤쪽에 있는 콩크리트 구
조물의 인판테^{Infante} 다리 위에서 동 루이스 다리를 보기로 하
고 산책을 시작했다. 구글 지도를 따라 집에서 나와 두어 번 간

적이 있는 바주 레스토랑Baju Restaurant 쪽 언덕을 오르다 보니 엊
그제 그렸던 벽면의 화강암 부조가 있는 건물이 다시 나타난
다. 앞으로 가보니 이 건물은 바로 그 유명한 상 주앙 국립극장
São João National Theater이다. 화려하고 위풍당당한 이 극장은 1796
년에 지어졌으나 1908년 화재로 내부가 파괴된 다음에 1911년
부터 재건축을 시작해 1920년에 문을 열었다. 연중 내내 연극
과 설치 예술, 워크 숍, 각종 연주회 등을 공연하는데, 지금은
스웨덴의 극작가 스트린드베리August Strindberg, 1849~1912의 〈꿈의 연
극A Dream Play〉을 공연 중이다. 1907년에 스웨덴에서 초연된 이 작
품은 스트린드베리의 대표작 중의 하나로 연극에 있어서 표현
주의와 초현실주의의 선구적 작품으로 손꼽힌다. 상반기 공연
일정을 보니, 셰익스피어의 〈태풍〉, 〈햄릿〉을 재해석한 극들, 페
터 한트케, 유진 이오네스코, 몰리에르, 안톤 체호프 등의 비교
적 고전적인 작품들과 실험적인 현대극들이 줄줄이 무대에 오
를 예정이다. 화려한 극장의 측면부에는 포르투에서 본 가장
많은 수의 노숙자들이 여기저기 누워있다. 바라건대 포르투 최
고의 문화의 전당 인근에서 저들에게 큰 자비가 있기를. 그러
고 보니 내가 스케치한 벽면의 늙은 사람 얼굴의 부조는 인디
언이 아니라 고대 극작가이거나 공연장과 관련된 어떤 인물인
것 같다. 내가 그린 부조 외에도 다른 얼굴의 화강암 부조들이
노숙자들이 누워있는 벽 위에 붙어 있는데, 노숙자들이 자신들
을 촬영하는 것으로 오해할까봐 찍지 못했다.

포르투 국립극장 벽에 조각된 늙은 사람의 얼굴

인판테 다리는 우리 집에서 대략 1킬로미터 정도 떨어져 있었다. 그 다리 위에서 관광객들과는 정반대의 방향에서 도루강과 동 루이스 다리를 한참 동안 쳐다보았다. 그것들은 화려함과 소란을 버리고 고요하고 침착한 풍경으로 거기에 조용히 앉아 있었다. 도루강가를 따라 난 작은 도로를 따라 동 루이스 다리 쪽으로 걷다 보니 도루강의 환상적인 노을을 볼 수 있는 가장 훌륭한 장소인 세라 두 필라르 수도원이 나타난다. 지금까지 본 것과는 또 다르게 확 트인 도루강과 동 루이 다리의 풍경이 시원하다. 날이 흐려서 노을을 보진 못했지만 해질 무렵의 도루강과 동 루이스 다리, 히베이라 광장, 가이아 지구가 한눈에 내려다보이는 저녁 풍경을 마주할 수 있었다.

동 루이스 다리를 건너 상 벤투역 건너편 플로레스 거리의 예쁜 포도주 전문 매장에 가서 발렌타인 12년산 한 병, 그레이엄에서 나오는 '여섯 개의 포도Six Grapes'라는 브랜드의 포트 와인, 도우즈Dow's 2011년산 L.B.V. 포트와인을 사 들고 집으로 와서 최 시인과 시음. 나는 가격에 따라 다양한 품질의 차이와 위계계급가 있는 위스키나 포도주가 불편해서(소주에는 계급이 없다! 소주 만세!) 원래 잘 사 마시지 않는데, 포르투에 와서 잠시 약간의 사치를 즐기는 중.

오늘은 플로레스 거리의 상가들 사이에 끼껴 있는 포르투 미세리코르디아 성당Porto Misericórdia Cathedral의 정면facade을 그렸

플로레스 거리, 미세리코르디아 성당의 전면

다. 세밀한 디테일이 많아서 무려 네 시간 만에 완성했다. 포르투엔 성당이 정말 많은데 하나 같이 유서 깊은 사적지이다. 시간 날 때 성당 순례를 매일 해보는 것도 괜찮을 듯.

2023.01.04

18

아침 식사 후에 베란다에 나가니 안개 바다가 펼쳐 있다. 동 루이스 다리와 포르투 성당 구내를 천천히 산책. 도루강은 안개 속에 사라지고 난간과 다리 위의 철로만이 앙상하게 남아 있다. 생이 때로 저렇게 지워지고 다시 쓰여지면 얼마나 좋을까. 성당 앞에선 붉은 얼굴, 흰 수염의 배불뚝이 노인이 색소폰으로 철 지난 크리스마스 캐롤들을 연주하고 있다. 이 할아버지 버스커는 그동안 같은 장소에서 여러 번 봤는데, 늘 호방

도루 강변

하고 유쾌하다. 동전을 주는 사람들에게는 일일이 황금색 포장의 작은 사탕을 건네주는 것을 잊지 않는다. 성당 입구의 기마상은 안개 속에 길을 잃은 돈키호테 같다. 때로 목표가 없는 것도 좋다.

첸Chen이라는 이름의 아시안 마켓에서 장을 보는데 금발의 젊은 백인 여성이 다가와 김치찌개 끓이는 법을 알려줄 수 있냐고 묻는다. 레서피를 알려주고 진열대의 한국산 다시다를 비법으로 추천해 주다.

도우즈 포트 와인과 (깨지기 쉬운) 와인 잔 대신 에스프레소 잔을 백팩에 넣고 황혼 무렵 동 루이스 다리를 건너 모루 정원에 오르다. 부드러운 초록 잔디와 붉은 노을. 지는 해를 보며 최 시인과 가져온 와인을 천천히 마셨다. 네 명의 청년으로 구성된 밴드가 바로 눈앞에서 하드 록을 계속 연주한다. 도루 강변 노천카페들에 우렁우렁 노란 등들이 켜지기 시작하는 것을 보며 귀가.

엊그제 구입한 페소아 시집 『자기 분석과 서른 편의 다른 시들』 영역본을 다 읽다.

2024.01.06

19

동 루이스 다리를 건너 모루 정원, 그리고도 (여력이 있으면) 세라 두 필라르 수도원의 전망대까지 산책하는 것이 일과

세라 두 필라르 수도원의
버스커.
포르투.
2024/01/09
1민석

세라 두 필라르 수도원의 버스커

가 되어버렸다. 오늘은 수도원의 마당에서 머리를 올백으로 넘기고 꽁지머리를 한 중년의 사내가 버스킹을 하고 있다. 저녁나절 멀리 대서양에서 불어오는 찬 바람 때문에 손이 시린지 곡이 끝날 때마다 두 손을 모아 입으로 호호 분다. 오늘도 노을은 붉고 모루 정원 언덕엔 댄스 음악을 틀어놓은 일군의 젊은 이들이 신나게 춤을 추고 있다. 이들에겐 국적도 신분도 상관없다. 그저 아름다운 도루강의 노을과 와인과 춤이면 그것으로 족하다. 노점의 군밤 굽는 연기가 자욱하다. 소금에 밤을 구워서 연기에서도 구수한 짠내가 난다.

점심 땐 산타 카타리나 거리를 산책했다. 산타 카타리나엔 쇼핑가답게 언제나 사람들이 넘친다. 행인이 많으니 길거리 공연자들도 많다. 오늘은 고혹적인 탱고 춤을 열연하는 늙은 커플을 다시 만났다. 어제도 마주쳤지만, 이들은 날렵한 몸으로 달콤하고도 깊은, 매우 깊은 사랑의 의미를 생생하게 보여준다. 단단하고 맑은 이들의 몸과 영혼에 축복 있기를. 자라 Zara라는 쇼핑몰에 들러 최 시인의 옷 두어 벌과 내 후드티 하나를 샀다. 포르투에선 대체로 신발값은 비싸고 옷값은 싸다. 터키, 인도산의 디자인도 예쁘고 품질 좋은 옷들을 한국보다 훨씬 싼 가격에 구할 수 있다.

운명이란 무엇일까. 제발 아무 일도 없었으면, 하고 바랄 때가 있다. 과거의 끔찍한 사건들을 돌이켜 보면 더욱 그런 생각이 든다. 리카르두 레이스Ricardo Reis라는 이명異名, heteronym으로 발표한 페소아의 시도 그런 이야기를 하고 있다. 운명 앞에 우리는 얼마나 무기력한가.

> 리디아, 나는 내 운명이 두려워.
> 자동차의 부드러운 바퀴가
> 순식간에 들어 올리는 돌멩이가
> 내 심장을 뒤흔드네.
> 나를 바꾸려 하는 그 모든 것
> 그게 설마 더 나은 것이라 해도 나는 피하고 싶어.
> 제발 신들이 아무것도 바꾸지 않고
> 나를 살게 해주었으면 해.
> 그래서 매일 매일이
> 그냥 거의 항상 똑같이 지나갔으면 좋겠어.
> 하루하루가 어둠 속으로 미끄러지듯 우리가 천천히 노년에
> 이르도록

페르난도 페소아, 오민석 역, 「리디아, 나는 내 운명이 두려워」 전문

2024.01.07

20

포르투 상 벤투역에서 아침 여덟 시 이십오 분에 기차를 타고 코임브라^{Coimbra}역에 도착하니 오전 열 시 이십삼 분이다. 중간에 캄파냐^{Campanha}역과 코임브라역에서 갈아탄 시간을 합

친 것이다. 포르투에 온 후 처음으로 포르투를 벗어나 보았다. 포르투에서 코임브라까지는 대략 120킬로미터. 리스본에서 코임브라까지는 190킬로미터 정도 된다. 비교적 긴 분량의 연재 원고를 끝낸 후에 리스본을 며칠 방문할 예정인데, 그 전에 연습 삼아 기차 여행을 해봤다. 모든 것이 한국과 다를 수 있으므로 꼼꼼히 점검하여 아무런 실수 없이 기차를 갈아타며 다녀왔다. 일정을 모두 마치고 상 벤투역으로 돌아오니 대략 저녁 일곱 시경. 최 시인과 이국에서 최초의 외출 성공을 기념하여 열차와 상 벤투역에서 기념 사진을 찍고 역 건너편 골목의 노천 레스토랑에서 투르키에 케밥에 슈퍼 복 생맥주. 이제 기차를 타고 포르투갈 전국 어느 지역이든 돌아다닐 수 있게 되었다. 기념할 만하지 아니한가.

코임브라는 포르투갈의 지성을 대표하는 도시로서 일명 '대학 도시'라 불린다. 코임브라 구시가지의 산꼭대기에 있는 코임브라대학University of Coimbra은 무려 1290년에 설립된 포르투갈 최고의 대학이다. 세계에서 가장 오래된 대학 중의 하나이며 2013년에 유네스코 세계 문화유산으로 지정되었다.

코임브라대학의 학생들은 검은 망토를 입고 다니는 것으로 유명하다. 이 대학의 신입생들은 학기가 시작되는 9월 첫 주에 선배들로부터 혹독한 신고식을 치르게 되는데, 그것을 '프라쉬prash'라고 부른다. 프라쉬는 대략 주로 선배들의 짓

굿은, 때로 심한 장난을 다 받아내며 스스로 멍청하고 어리석은 자임을 자인해가는 콘텐츠로 구성되어 있는데, 공식적으로는 이 프라쉬를 통과한 자에게만 망토를 입을 자격이 주어진다. 실제로는 프라쉬에 참여하지 않은 학생들도 망토를 입고 다니며, 어떤 학생들은 이런 풍습에 반대하여 망토를 아예 걸치지 않기도 한다. 어쨌든 한국의 신입생 환영 엠티처럼 이 과정을 통해 학생들은 서로를 더욱 잘 알게 되며 형제애, 자매애로 굳건한 공동체 의식을 갖게 되는 효과도 있다. 신입생의 멘토 역할을 하는 선배 남학생, 여학생들을 이들은 '대부[a] padrinho, godfather" 혹은 '대모[a madrinha, godmother]'라 부른다 한다. 코임브라대학의 이 전통은 무려 500여 년의 역사를 가지고 있다. 조안 롤링이 호가트 마법학교『해리포터』의 학생들에게 검은 망토를 입힌 것도 코임브라대학의 이 전통과 무관하지 않다고 한다.

코임브라대학의 유명한 도서관과 법과대학, 의과대학, 식물원, 유서 깊은 예배당, 커다란 화강암 지구가 올려져 있는 두 개의 기둥으로 이루어진 교문 등을 천천히 구경하다가 검은 망토를 입고 지나가는 한 여학생과 마주쳤다. 사진을 찍어도 되냐고 하니까 망토로 내 어깨를 감싸고 함께 포즈를 취해 준다. 그러더니 망토를 벗어서 나에게 입혀주는 것이 아닌가. 원래 이 망토가 발끝에 닿을 정도로 치렁치렁한 패션이기는 하지만 여학생의 키가 나보다 훨씬 커서[2미터?] 나는 그만 망토에

코임브라 골목의 정겨운 풍경

덮힌 꼬마 학생이 되고 말았다. 여학생에게 물어보니 이 망토를 포르투갈어로 카파Capa e Batina라 부른다고 한다.

대학의 기념품점에서 코임브라대학 로고가 들어간 레터 오프너, 열쇠고리, 최 시인과 내가 각자 사용할 문진 두 개를 구매한 후에 천천히 구시가지로 내려왔다. 급경사의 이 골목은 아기자기하고 품격 있으며 아름다운 카페, 주점, 파두 공연장, 레스토랑, 기념품점들로 이어져 있는데, 이 길을 구 대학로Old University Avenue라 부른다. 평지인 코임브라 기차역에서 이 가파른 언덕길을 올라다녔을 포르투갈 최고의 대학생들을 떠올리니 골목길이 갑자기 젊은이들의 목소리로 와자지껄해진다. 지나다가 고즈넉하고 왠지 고전적인 분위기의 레스토랑이 보여 간판을 보니 '레스토랑 음유시인Restaurante Truvador'이다. 모처럼 영어 단어troubadour와 유사한 포르투갈어 단어를 만나 해독이 가능

Falling house
Coimbra.
Portugal
~024/01/07

Min-Seok

코임브라 골목의 풍경

해졌다. 포르투갈의 공산품들은 포르투갈어만 사용할 뿐 영어
표기를 거의 100퍼센트 하지 않는다. 심지어 관광지의 레스토
랑 메뉴도 영어를 병기한 곳이 그렇게 많지 않다. 그러니 영어
능력이 소용 없고 가령 '구글 렌즈' 같은 앱으로 번역해 읽어야
내용을 겨우 알게 되는 경우가 많다.

골목의 말끔한 건물들 사이에서 기이한 형상의 다 쓰러
져 가는 건축물을 발견, 집에 돌아와 그 쓸쓸함을 연필로 스케
치했으나 또 실패. 페소아의 말대로 "자연은 내면을 가지고 있
지 않다Nature has no inside." 나는 사물에 기투企投한 나의 감정을 읽
을 뿐이다. 그것을 그림으로 옮기는 일, 쉽지 않다. 자연은 자신
에게 투여된 감정 덩어리를 거부한다.

2024.01.08

21

산타 카타리나 거리로 우중 산책. 빗길이라 행인들이 줄
어서 그런지 맨날 긴 줄이 서 있던 카페 마제스틱Café Majesstic이
모처럼 한가하다. 아무리 좋은 카페나 레스토랑도 오래 줄을
서 기다리며 들어가는 것을 별로 좋아하지 않는 우리로서는
첫 방문이다. 『해리포터』를 쓴 조앤 롤링 때문에 유명세를 탄
이곳은 아마도 포르투에서 거의 유일하게 '바가지'를 씌우는
곳이라 보아도 된다. 다른 카페들에서 아메리카노 한 잔이 보
통 1~3유로 하는데, 이곳에서는 그것의 곱인 6유로이다. 그럼

에도 불구하고 한 번쯤은 찾아가 볼 만하다. 굳이 조앤 롤링을 연관시키지 않더라도 이 카페는 100여 년의 역사1922년 개업를 가진 유서 깊은 공간이다. 천정의 고색창연한 샹들리에, 직선과 곡선이 아름답게 연결된 창문들, 정교한 조각의 가죽이 씌워진 의자의 등받이와 바닥, 수백 년 된 성당의 화강암 조각에서 나 볼 수 있는, 덩굴무늬들이 섬세하게 새겨진 오크 재질의 의자와 테이블, 앤틱 풍의 점잖은 찻잔과 소서, 쓰디쓴 커피. 지금처럼 관광 상품이 되어서 사람이 들끓지 않는 곳이라면, 그리고 커피값이 다른 곳과 별 차이가 없는 곳이라면, 가난했던 조앤 롤링이 아니더라도 포르투에서 마땅히 글 쓸 곳이 없는 작가라면, 누구든 이곳을 집필 장소로 선택했을 것이다. 지금 우리가 커피를 마시는 옆자리에도 도수 높은 안경을 쓴 학자풍의 젊은이가 작고 얇은 노트북을 켜놓고 무언가를 열심히 쓰고 있다. 그는 우중의 한가함을 빌어 무려 4인용 좌석을 혼자 독차지하고 있다.

커피를 마시며 카페 내부를 둘러보는 동안 한눈에도 인상이 좋은 어떤 한국 여자분이 다가와 내게 오 교수가 아니냐고 묻는다. 놀랍게도 호주에 사시는 것으로 내가 알고 있는 페친 유○○ 님이시다. 따님과 함께 유럽 여행 중이신데, 페이스북을 통해 우리 부부가 포르투에 와 있는 것을 알고 있던 차에 혹시나 우연히 만날 수도 있겠다 싶었다 한다. 반가움에 한참이나 이야기를 나누었다. 알고 보니 지난번에 냈던 내 산문집도 다 읽으신 내겐 참 고마운 독자이시기도 하다. 오랜만에 모국어를 만난 최 시인도 신이 나서 대화를 나눈다. 죄 짓고 못 산다. 사랑이 최고다. 감사하다.

어제 이야기가 길어져 말을 못했지만, 사실 코임브라에서 내게 가장 감명 깊었던 것은 코임브라대학 캠퍼스의 오래된 건물들이 아니라 세 벨하^{Sé Velha} 성당이었다. 언덕 꼭대기의 코임브라대학에서 소피아 거리^{Rua de Sofia} 쪽으로 경사가 심한 골목길을 내려오다 보면 마주치게 되는 이 성당은 통상 '코임브라 구 성당'이라 불린다. 포르투갈어로 'velha'는 '오래된^{old}'의 뜻을 가지고 있다고 한다. 12세기 중반에 로마네스크 양식으로 지어진 이 성당은 중세에 지어진 다른 대성당들에 비해 그리 규모가 큰 편은 아니지만, 오랜 세월 축적된 영성의 무게가 저절로 느껴진다. 일 인당 2.5유로의 입장료를 내고 들어가니 월요일이라 그런지 관광객이 하나도 없다. 태양 빛이 쏟아져 내려오는 높은 천창과 제단 벽에 새겨진 정교하고 거대한 조각

코임브라 구성당의 내부 회랑

들, 양쪽 측랑aisle의 벽 쪽에 놓여 있는 침묵의 석관石棺들, 성당 측의 배려로 낮고 조용하게 울려 퍼지는 그레고리오 성가. 아무도 없는 빈 의자들 어디에고 주저앉아 나를 버리고 오래 기도하고 싶은 마음. 크리스천이지만 나는 상상 불허의 건축비와 엄청난 인력과 긴 세월을 들여 지은 유럽의 거대한 중세 교회대형교회들에 대해 대체로 비판적이고 불편한 입장의 소유자이다. 그런데 이런 웅장하고 아름다우며 경건하기 이를 데 없는 공간이 아니면 도저히 촉발되기 힘들지도 모를 어떤 깊은 영성의 힘이 있다는 생각이 들었고, 실제로 그런 것을 난생처음으로 느꼈다. 주여, 우리가 모든 것의 모든 의미를 전부 알지는 못하나니, 우리 인간들의 그 모든 어리석음을 용서하소서.

2024.01.09

22

우리 집은 3층으로 된 플랫이다. 1층엔 공실 상태의 상가

최 시인과
내가 사는
집의 문장 입구

Porto.
2024/01/10

미리 석

최 시인과 내가 체류하던 집의 벽에 붙어 있는 문장

가 네 채 있고 2층과 3층엔 아파트식 거주 공간이 있는데, 누가 어떤 사정으로 입주해 있는지는 아직 알지 못한다. 엘리베이터가 있고 각 층에 각 네 가구씩 총 8개 가구가 살 수 있는 구조이니 나름 상당히 규모가 있다. 건물의 현관 위쪽 2층 정 가운데 벽면에 이 집을 상징하는 문장紋章, coat of arms이 달려 있는 것으로 보아, 한때 이 집이 어느 훌륭한 가문의 단독 독채가 아니었을까 상상해 본다. 집주인의 말로는 200년이 넘은 역사를 가진 집이라니 그럴 수도 있을 것이다.

우리가 체류하던 집의 외관.
가운데 벽에 집의 문장이 보인다

내가 서양의 문장에 대해 처음 알게 된 것은 고등학교 때 헤르만 헤세의 『데미안』을 읽고 나서이다. 긴 방황의 막바지에 싱클레어는 우연히 새매sparrow hawk를 그리게 되고 이 그림을 데미안에게 우편으로 보낸다. 그 후 데미안에게서 싱클레어에게 그 유명한 메시지가 날아 온다. "새는 알에서 나오려고 애쓴다. 알은 세계다. 태어나기를 원하는 자는 하나의 세계를 깨뜨려야 한다. 새는 신을 향해 날아간다. 그 신의 이름은 아브락사스다." 여기서 싱클레어가 그린 것은 바로 자기 집의 아치형 대문 위에 달려 있던 문장의 제일 위쪽에 새겨져 있는 문양이다. 싱클레어가

77

꿈속에서 무의식적으로 이 그림을 그리게 된 것은 언젠가 데미안이 그에게 바로 그 문장의 새매에 관하여 이야기한 적이 있었기 때문이다. 까까머리 고등학생 시절에 이 소설을 읽으면서 사물의 상징성에 관해 깊은 충격 혹은 인상을 받았던 기억이 난다.

서양에서 문장은 국가, 군대, 집단, 가문, 개인 등을 상징하는 기호이다. 문장은 그것이 상징할 수 있는 가장 최고의 것, 가장 이상적인 것을 나타낸다. 우리 집의 벽면에 달려 있는 문장도 제일 꼭대기에 매의 얼굴이 새겨져 있다. 혹은 독수리일 수도 있는 그것은 용기와 기상, 도전 정신을 상징할 것이다. 매의 머리 아래에는 갑옷의 투구가 그려져 있는데 그것 역시 강력한 보호와 방어 능력의 상징일 것이다. 좌우에는 보통 방패잡이supporter라 불리는 문양이 있는데, 우리 집의 그것은 오크 잎으로 형상화되어 있다. 오크oak 잎은 오래된 성당의 화강암 외벽 장식에도 많이 등장하는데 신앙과 강인한 인내심을 나타내는 종교적 상징이라 한다. 오크 잎 대신에 월계수 잎이나 올리브 잎을 형상화하는 경우도 있다. 그것들도 모두 영광, 명예, 성취의 이상을 상징하는 기호들이다. 투구 장식 아래의 중앙에는 크게 방패 모양의 문양이 형상화되어 있다. 우리 집 문양엔 방패 안에 여섯 개의 원이 새겨져 있는데, 그것이 무엇을 상징하는지 나로서는 알 수 없다.

페르난도 페소아 생전에 모국어포르투갈어로 출판된 유일한 시집인 『메시지Message』1934. 이 시집은 총 3부로 이루어져 있는데, 신화와 유토피아적 상상력을 끌어들여 포르투갈의 이상적 민족정신을 형상화한다. 이 시집의 각 3부는 각기 '문장紋章, Coat of Arms'1부, '포르투갈의 바다Portuguese Sea'2부, '숨겨진 비밀The Hidden One'3부이라는 제목을 달고 있다. 이중 제1부에서 페소아는 포르투갈의 국가 문장이 가지고 있는 상징성을 신화적 상상력을 동원해 풀어나간다. 제1부는 다시 1장 터The Fields, 2장 성The Castles, 3장 방패The Shields, 4장 왕관The Crown, 5장 휘장The Crest의 장들로 나뉘어지는데, 이 제목들은 모두 포르투갈의 국가 문장을 설명하는 용어들이다.

상징은 때로 구체적이고도 물리적인 힘으로 변한다. 고대나 중세 전쟁 때 사용하던 깃발의 문장들도 이런 역할을 했다. 우리 집의 문장도 여기 사는 모든 이에게 용기와 영광과 안전과 인내심을 가져다주기를.

2024.01.10

23

오전에 최 시인이 온라인 강의를 하는 동안 집 앞 카페에 가서 계간지 연재 원고를 쓰다. 카페 이름은 '포르투 커피'. 아주 작은 가게인데 손님이 꽤 많고 아르바이트생으로 보이는 젊은 남자 하나, 여자 둘이 매우 친절하고 예의 바르게 서빙을 잘 한다. 노천에도 작은 테이블 다섯 개를 놓아 오가는 이들이 거기서 간단히 커피를 마실 수 있게 해 놓았다. 아메리카노 한 잔에 2.5유로니까 가격도 큰 부담이 없다. 오늘 가보니 몇 개 안 되는 자리마다 전기 콘센트가 있어 노트북으로 작업하기에도 아주 좋다. 우리 집 3층 베란다에서 내려다보면 카페가 더 작아 보인다. 원고를 쓰는 내내, 미국인으로 보이는 옆자리의 노부부가 크루아상에 커피를 마시면서 연신 상대방의 어깨와 손을 쓰다듬는다. 젊으나 늙으나 사랑이 가장 아름답다.

오늘은 포르투 성당 앞의 기마상을 그렸다. 내게 세상의 모든 기마상들은 돈키호테 같다. 보이는 것이 전부가 아니다. 저녁을 먹은 후에 약 80매 가량의 연재 원고를 끝냈다. 내일은 기차를 타고 조금 그리워했던 리스본^{Lisboa}으로 간다. 온라인으로 호텔과 기차를 예약했고, 시인 페르난도 페소아와 소설가 주제 사라마구^{Jose Saramago}의 흔적들을 만나고 올 예정이다. 며칠 걸릴 것 같다.

2024.01.11

24

아침 일찍 상 벤투역에서 출발하여 리스본의 산타 아폴로니아^{Santa Apolonia}역에 도착하니 정오다. 포르투에서 기차로 대략 세 시간 반 정도 걸린 셈이다. 호텔 체크인까지 시간이 남아 역전 레스토랑에서 점심. 적당한 가격의 생선 요리들이 일품이다. 호텔까지는 지하철을 타지 않고 볼트를 이용하여 택시를 타기로. 혼자가 아니라 두 명 이상인 경우엔, 지하철 2인 요금^{1.8×2=3.6}

그 모든 돈키호테를 위하여
포르투 성당 앞의
기마상
Porto
2024/01/14
민 ♥

그 모든 돈키호테를 위하여

유로을 기준으로 조금만 더 내면3~5유로 사이 웬만한 곳은 택시를 타고 다 갈 수 있다. 택시가 더 편리하고 시간도 훨씬 더 절약할 수 있다는 이야기다. 게다가 지하철을 타고 땅속을 달리면 아무것도 보지 못하지만, 택시를 타고 움직이면 도시 풍경을 천천히 보며 이동할 수 있으므로 일석이조다.

리스본은 (수도이므로) 일단 포르투보다 훨씬 규모가 크다. 도시 전체가 포르투의 언덕과는 비교도 되지 않는 무지막지한 급경사로 되어 있다. 호텔에 짐을 푼 후에 택시를 타고 여러 차례 이곳저곳을 다녀보니 도시의 이 언덕 저 언덕을 차가 쉼 없이 오르락내리락한다. 덕분에 리스본이 아니라 포르투에 정착하기를 잘했다는 생각을 잠시 했다. 여기저기에서 트램이 지나다니는 것을 흔히 볼 수 있는데, 포르투의 트램이 일종의 추억이고 풍류이고 낭만이라면 리스본의 트램은 버스나 전철처럼 그냥 일상적인 운송수단이라는 느낌이 든다. 착각인지 모르지만 사이즈도 리스본의 트램이 약간 더 커 보인다. 로맨스를 즐기려면 포르투의 바다로 가는 트램을 타는 것이 낫다.

'페르난도 페소아의 집Casa Fernando Pessoa'이라는 이름의 페소아 문학관은 흰 외벽의 3층으로 된 깨끗한 건물이었는데, 입장료를 내고 들어가 보니 겉보기보다 규모가 매우 작고 소장품도 그리 많지 않다. 실제로 이 건물에서 페소아가 1920년32세부터 죽던 해인 1935년까지 살았다고 한다. 현재 3층은 페소아의

바다로 가는 트램

다양한 이명 캐릭터들을 소개하는 곳으로 사용하고 있는데, 왼쪽 구석에 다양한 각도의 거울을 벽에 서로 마주 보게 설치해놓아서 누구든 그 안에 서면 페소아의 이명처럼 여러 명의 자기를 볼 수 있다. 2층은 페소아의 서재라는 주제로 꾸며져 있는데, 페소아가 소장하고 읽던 책들이 보관되어 있다. 영어판 월트 휘트먼, 셰익스피어 등이 눈에 띈다. 페소아가 읽던 책에 여러 가지 메모를 한 흔적들을 볼 수 있으나 소장 도서는 얼마 되지 않는다. 1층은 페소아의 아파트라는 주제로 페소아의 유품들을 전시해 놓았는데 유품의 양도 그리 많지 않다. 그가 쓰던 두 개의 안경, 편지, 마지막 사용하던 신분증 등이 인상적이다. 0층실제로는 1층엔 매표구와 페소아 관련 기념품점이 있다. 전체적으로 소박하기 짝이 없는 규모였다. 시인은 기념관에 없다. 시인은 시 속에 있다.

> 죽음이란 길모퉁이 같은 것이어서.
> 죽으면 모두 시야에서 사라진다.
> 내가 죽어서도 소리를 들을 수 있다면, 마치 존재하고 있는 것처럼
> 당신의 발자국 소리를 들을 것이다.
>
> 페르난도 페소아, 오민석 역, 「죽음이란 길모퉁이 같은 것이어서」 부분)

페소아 문학관을 나와 택시를 타고 페소아가 자주 다니던 나토 전문 카페 브라질리아^{Café A Brasileira}로 이동. 오렌지 주

스와 함께 나토에그타르트를 먹었다. 많이 먹어본 것은 아니지만, 지금까지 포르투갈에서 먹은 나토 중에 최고의 맛이었다. 가격도 비싼 편이 아니어서 나토 두 개와 생과일 오렌지 주스 두 잔에 전부 13유로. 짙은 초록색 외관이 인상적인 이 카페는 무려 1905년에 문을 열었다고 한다. 화려하고 중후하다고나 할까, 포르투의 마제스틱 카페와 어딘지 비슷한 인상을 준다. 카페 앞 노천에는 장발의 파마머리를 한 젊은 버스커가 통기타를 치며 열창을 하고 있고, 의자에 앉은 페소아 동상이 지나가는 사람들을 물끄러미 쳐다보고 있다. 그는 여기 어디 숨어서 우리의 "발자국 소리"를 듣고 있을까. 페소아 동상 옆의 빈자리에 앉아 살아서는 영광을 누리지 못했던 그의 생을 잠시 생각하다.

2024.01.12

25

우리가 묵고 있는 호텔 앞 마르케스 드 퐁발Marques De Pombal 로타리에서 개선문이 있는 코메르시우 광장Praça do Comércio까지는 대략 2.5킬로미터. 이 사이에 리스본의 관광 포인트가 거의 다 몰려 있다. 어제 둘러보았던 페소아 문학관과 카페 브라질리아는 이곳과는 대충 몇 킬로미터 떨어져 있는 외곽이라고 보면된다. 호텔에서 개선문까지는 가파른 언덕으로 이루어진 리스본의 다른 지역들과는 달리 거의 예외적으로 완벽한 평지이다. 걷기에도 좋고, 전철로는 대충 네 정거장 정도 되며, 볼트나 우

개선문이 있는 코메르시우 광장

버로 택시를 불러도 3.8유로 정도면 금방 이동할 수 있다. 이 길
가에서 토요일마다 아주 예쁜 수공예품을 판매하는 천막 시장
이 길게 늘어선다. 마침 토요일이어서 산책 삼아 돌아오는 길에
눈요기를 실컷 했다.

　　코메르시우 광장에서 개선문 주위를 구경하다가 점심때
가 되어 들어간 곳은 마르티뉴 다 아르카다Martinho Da Arcada라는
이름의 고풍스러운 카페 겸 레스토랑이다. 광장의 한쪽 귀퉁이
에 있는 이 카페는 1782년에 문을 열었으며 포르투갈에서 가장
오래된 카페로 알려져 있다. 문학 애호가들에게는 이곳이 (카
페 브라질리아 외에도) 페르난도 페소아와 노벨문학상을 받은 포
르투갈의 소설가 주제 사라마구의 단골 카페였던 것으로도 유
명하다. 카페 바깥 노천 쪽의 테이블에는 손님들이 꽤 있었으
나 막상 카페 내부로 들어가니 손님이 한 명도 없다. 검은 양복
에 나비넥타이를 맨 노인들이 정중하고도 친절한 태도로 우리
를 맞는다. 자리마다 흰 천으로 된 테이블보가 깔끔하게 깔려

있다. 예약도 하지 않았는데도 창가의 예약석 표지가 있는 자리로 우리를 안내한다. 자리에 앉자 흰 콧수염을 단정하게 기른 노신사 웨이터가 먼저 최 시인에게 "마담"이라 부르면서 메뉴판을 준다. 안을 둘러보니 오른쪽엔 크고 작은 액자에 담은 페소아의 흑백 사진들이 여러 장 걸려 있고, 왼쪽엔 거의 같은 수의 사

바바리 차림으로 어디론가 급히 가고 있는
시인 페르난도 페소아

라마구의 사진들이 걸려 있다. 가운데 벽에도 이들의 사진 액자가 네 개 걸려 있는데, 공평하게도 페소아 사진이 두 장, 사라마구의 사진이 두 장이다. 사라마구가 주로 앉아 있던 테이블과 페소아의 단골 자리는 좌우의 대각선 방향으로 가장 멀리 떨어져 있어서 뭔가 팽팽한 긴장이 느껴진다. 이들이 단골로 앉던 자리들은 그들에 대한 예의로 손님을 받지 않고 늘 비워둔다고 한다. 그러나 사진을 찍기 위해서 잠시 앉는 것은 허락되며 부탁하면 사진도 찍어준다. 페소아의 단골 자리 위 선반에는 실제로 페소아가 썼던 중절모도 놓여 있다. 주문한 식사가 나오기 전까지 우리는 두 자리를 오가며 사진을 찍고 서로 찍어준다. 페소아의 단골 자리에 앉아 사진을 찍는데 노신사 웨이터가 장난스레 페소아의 중절모를 내 머리에 씌운다. 세상에, 페

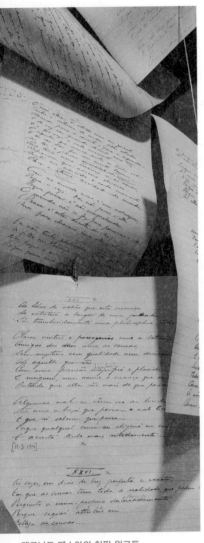

페르난도 페소아의 친필 원고들

페르난도 페소아 시인의 동상,
그 옆에 앉은 최광임 시인

소아가 쓰던 모자를 직접 써보다니. 그의 머리가 내 머리보다 훨씬 작았는지 모자가 들어가질 않고 머리 위에서 논다. 문득 페소아의 땀 냄새가 혹 스친다. 개인적으로는 페소아 문학관이나 카페 브라질리아보다 이 카페에서 페소아를 훨씬 가까이 느꼈다. 할아버지 웨이터가 준 명함에도 페소아의 캐리커쳐가 그려져 있다. 페소아의 이미지가 영리한 댄디라면, 사라마구는 복덕방 아저씨 같다. 수십 년 동안 공산주의 활동을 하고 나서 60 넘어서야 소설가로 주목을 받기 시작했던 그의 늘쩍지근한 이력과 이런 외모 사이에 어떤 연관이 있을 것이다.

다시 호텔 쪽으로 조금 거슬러 올라오다 보니 산타 후스타Santa Justa 엘리베이터와 마주친다. 철제로 높은 탑처럼 만든 이 엘리베이터는 1902년에 세워졌으며 먼 옛날에는 증기를 동력으로 사용했으나 지금은 전기로 움직인다고 한다. 잠깐 올라가는데 탑승료가 6유로로 약간 비싼 편인데도 사람들이 줄을 서 있다. 엘리베이터 전망대에 서면 개선문 너머 멀리 대서양으로 흘러 들어가는 테주Tejo강까지 내려다보인다. 내려올 때는 엘리베이터를 타지 않고 뒷골목으로 걸어 내려오는데 가랑비가 주룩주룩 내린다. 골목의 바클라우Bacalhau, 대구요리를 파는 한 레스토랑 스피커에서 귀에 익은 노래가 들려온다. 〈벨라 차오Bella Ciao, 내사랑,안녕〉. 넷플릭스 드라마 시리즈 〈종이의 집〉 OST로도 사용된 이 노래는 제2차 세계대전 후반기에 이탈리아의 반파시즘 파르티잔들이 불렀던 노래로 널리 알려져 있다. 아, 청춘의 집

시인 페르난도 페소아와 소설가 주제 사라마구의
단골 카페 레스토랑, 마르티뉴 다 아르카다

산타 후스타 엘리베이터

주제 사라마구(1922~2010)

을 떠난 지 오래, 비 내리는 리스본 뒷골목에서 들려오는 격렬하지만 슬픈 혁명가. "이 꽃은 파르티잔의 꽃이라오 / 이 꽃은 파르티잔의 꽃이라오. / 어느 날 나는 아침에 깨어나서 / 침략자들을 발견했네 / 오, 내 사랑, 안녕, 안녕, 안녕…… 내가 죽으면 / 산속 아름다운 꽃그림자 아래 나를 묻어주오 / 그러면 사람들이 그곳을 지나며 말하리라./ "꽃이 참 아름답구나" / 이것은 자유를 위해 죽은 한 파르티잔의 꽃이라네…… 오, 벨라, 차오 차오 차오 / 오, 벨라, 차오 차오 차오-"

큰길이 얼핏 보이는 골목에서 우산도 쓰지 않은 중년 남녀가 뭔가 심각한 이야기를 나누고 있다. 여자는 빗물이 흘러내리는 축대에 어깨를 기댄 채 어두운 표정으로 고개를 숙이고 있고, 남자가 그녀의 어깨를 잡고 귓속말로 무언가 간절한

듯 이야기를 한다. 그렇지, 아픔 없는 사랑은 없네. 그러나 사랑
은 아픔을 두려워하지 않는다네.

2024.01.13

26

3박 4일의 일정을 끝내고 리스본에서 포르투행 야간열차
를 타고 집으로 돌아오다. 상 벤투역에 내리자 비가 추절추절
온다. 지난주에도 들렀던 역 건너편의 레스토랑에서 케밥에 포
트와인으로 늦은 저녁 식사. 리스본에서의 경험은 한 번에 이
야기하면 너무 길어서 몇 차례 나누어 쓰기로 한다.

어젠 오전 내내 호텔에서 푹 쉬다가 열두 시가 다 된 시각
에 택시를 타고 리스본 성당Lisbon Cathedral에 도착했으나 예배 중
일요일 오전 11시 30분부터이라 입장이 안 된다. 그래서 성당 위 언덕 꼭
대기에 있는 상 조르즈 성Castelo de S. Jorge에 먼저 오르기로. 리스
본 성당에서 상 조르즈 성까지는 대략 500여 미터에 이르는 가
파른 언덕길이다. 우버나 볼트로 택시를 불러 타고 올라갔다가
내려오면서 이 일대알파마(Alfama) 지구라 부른다의 중세풍의 아름다운
골목길들을 구경하고 리스본 성당에 들리면 아주 수월한 코스
가 된다. 게다가 리스본 성당에서 조금만 내려오면 리스본 관
광의 중심인 코메르시우 광장이다. 리스본 성당 앞에서 볼트로
택시를 부르니 거리가 짧아 기본요금3.8유로이고, 급경사 길이지
만 금방 상 조르즈 성까지 올라간다. 상 조르즈 성은 리스본에
있는 일곱 개의 언덕 중에 가장 높은 곳에 자리 잡고 있다. 성

상 조르즈 성

상 조르즈 성에서 내려다 본 리스본 시내. 멀리 코메르시우 광장과 태주강이 내려다보인다

리스본 대성당 앞 길

제로니무스 수도원 회랑의 날개 달린 괴물들

위에선 주황색 지붕의 예쁜 집들이 다닥다닥 붙어 있는 리스본 시내를 전체적으로 조망할 수 있고, 테주강도 멀리 바다처럼 내려다볼 수 있다. 날이 좋으면 일몰이 매우 아름답다고 한다. 천천히 골목길을 내려오다 작은 레스토랑에서 문어요리와 생선구이에 포트 와인으로 점심. 리스본 성당에 다시 들르니 예배가 끝나고 관람객들이 들랑거리고 있다.

중세에 지어진 거대한 성당을 만날수록 마음이 점점 더 착잡해진다. 말 그대로 상상을 초월하는 규모와 기술과 시간의 아름다움이 실현된 모습을 보면, 거기에 들어간 물자와 희생과 욕망과 경쟁심의 거대한 바벨탑이 자꾸 보여 마음이 불편해진다. 사람들에게 욕을 많이 먹는 현대의 어떤 대형 교회도 중세로만 가톨릭 교회의 규모와 아름다움을 흉내조차 내지 못한다. 중세 대성당들을 보면 인간이 마음만 먹으면 (자기들 멋대로 신을 제조하는 일까지) 무슨 짓이든 할 수 있는 존재란 생각이 자꾸 드는데, 나는 이게 너무 끔찍하다. 그 정도로 중세 교회는 권력과 성취의 끝장까지 가 있다. 지난번에 코임브라 구 성당을 보면서 이와 같은 거대한 구조물만이 줄 수 있는 독특한 영성의 의미에 대해서도 잠시 생각해 보았지만, 역시 이건 아니라는 본래의 생각으로 자꾸 돌아가게 된다. 어쩌면 이러한 거대 건물-교회는 일종의 우상일 수도 있다. 성경이 '예수의 몸'이라고 말하는 교회는 '건물'이 아니라 '예수를 믿고 예수를 닮아가려는 사랑의 공동체'이다.

택시를 타고 다시 이동한 곳은 제로니무스 수도원Jerónimos Monastery. 코메르시우 광장에서 서쪽대서양쪽으로 대략 몇 킬로미터만 이동택시로 10분 정도하면 금방 이곳에 도착할 수 있다. 광장 앞의 테주강이 흘러 대서양과 막 마주치는 이 구역은 벨렝Belém 지구라 불리며, 근처에서 그 유명한 벨렝탑Belém tower과 발견기념비Padrao dos Descobrimentos를 모두 구경할 수 있다. 제로니무스 수도원은 1501년에 지어지기 시작하여 무려 100여 년에 걸쳐 완성되었다고 하니 그 규모가 압도적일 수밖에 없다. 게다가 화려하기로 유명한 포르투갈의 후기 고딕 마누엘린 양식Manueline style으로 지어져 미세한 아름다움이 극도에 달한다. 건축 자재로 화강암보다 다루기 쉬운 황금색 석회암을 사용하여 다양한 주제의 섬세한 조각들과 문양들이 수도원 전체를 뒤덮고 있다. 수도원과 붙어 있는 산타 마리아 성당Cathedral of Santa Maria도 규모나 디테일의 아름다움에 있어서 리스본 성당과는 비교가 안 될 정도로 엄청나다. 성당 안으로 들어가자마자 좌우에 정교하게 조각이 된 커다란 석관 두 개를 만나게 되는데, 왼쪽 것은 대발견Great Discovery의 영웅인 바스코 다 가마. Vasco da Game, 15세기 후반에 희망봉을 거쳐 항로로 인도를 최초로 발견한 정치가이자 탐험가의 무덤이고, 오른쪽 것은 대발견시대의 위대한 서사 시인이었던 카몽이스

제로니무스 수도원에 있는
시인 페르난도 페소아의 무덤

Luis de Camões의 무덤이다. 정치인탐험가과 시인을 좌우에 나란히 모셔놓은 것이 특이하다. 두 개의 석관 모두 여섯 마리의 사자들이 떠받치고 있다.

제로니무스 수도원의 회랑doister은 특히 그 아름다움이 극치에 달한다. 회랑은 2층으로 되어 있는데, 2층을 구경한 후에 자연스레 1층으로 내려가는 계단을 사용하도록 안내가 되어 있

다. 1층 회랑을 조금 걷다 보면 놀랍게도 시인 페소아의 무덤을 만나게 된다. 안내문에 따르면 페소아의 무덤은 그의 사후 50주년1985년을 기념하여 이곳으로 옮겨오게 되었다고 한다. 시인의 잔해를 묻고 그 위에 기념비 모양의 비석을 세웠는데 디자인이 깔끔하고 모던하다. 이로써 페소아의 집페소아박물관, 카페 브라질리아, 카페 레스토랑 마르티뉴 다 마르카다를 거쳐 그의 무덤을 만나게 된 리스본에서의 나의 페소아 추적기는 끝을 맺게 된다. 벌써 그리워지는 시인이여, 영원한 안식이 그대에게Rest in Permanent Peace 있기를.

2024.01.15

27

리스본에 오니 포르투에서보다 트램을 훨씬 흔히 볼 수 있다. 오랜 역사를 가진 노란색 트램과 빨간색 트램 외에도 모던한 디자인의 3량 정도로 길고 날렵하게 생긴 현대식 트램도 다닌다. 28번으로 유명한 노란색 트램은 요금이 3유로로 싸고 티켓을 한번 끊으면 하루 종일 가다 내리다를 반복hop on and off하며 탈 수 있다. 리스본의 주요 볼거리는 거의 다 돌아다니기 때문에 인기이다. 다만 여름과 같은 성수기에는 탑승자가 많아 길거리 뙤약볕에서 지치도록 기다려야 하는 경우도 있다고 한다. 빨간색 트램은 앞면에 "Hills Tram Tour"라 써있는 대로 리스본의 일곱 개의 언덕 주변을 도는 트램이다. 요금은 1인당 30유로어린이, 노인, 가족 단위 할인 있음인데 비싼 대신 한가하게 리스본 시

레스토랑 안에서의 파두 공연 모습

내를 둘러볼 수 있다. 이것 역시 티켓 하나로 탔다 내렸다 하면서 24시간 사용할 수 있다.

포르투갈 하면 또 하나 빼놓을 수 없는 것이 소위 '파두Fado'라는 음악이다. 한국에는 '파두의 여왕' 아말리아 호드리게스Amalia Rodrigues, 한국에서 로드리게스라 불리기도 하는데 포르투갈 발음으로는 호드리게스가 옳다의 목소리로 가장 잘 알려져 있다. 가난했던 어린 시절 리스본 항구에서 오렌지를 팔며 지내던 호드리게스는 1938년 리스본에서 열렸던 한 파두 경연대회를 통해 주목받기 시작했다고 한다. 그녀의 대표곡인 〈어두운 숙명Maldição〉, 〈검은 돛배Barco Negro〉 같은 노래들은 듣는 사람들을 슬픔의 진창 속으로 마구 끌고 들어간다. 그 슬픔은 너무 사무쳐서 한번 빠지면 벗어나기 힘들다. 나는 한국에서도 혼자 이 음악들을 듣다가 만취한 경험이 여러 번 있다. 꿈속에서도 슬픈 가락이 파도처럼 계속 넘실거렸다.

식사와 와인을 즐기며
파두를 들을 수 있는 레스토랑

이별과 사별을 밥 먹듯 하던 먼 대항해시대에 주로 가난한 산동네나 항구의 선술집을 중심으로 유행했던 파두는 (경쾌한 것도 있지만) 대체로 아주 슬프고, 슬프고, 또 슬픈 노래이다. 흔히 한국의 '한恨'과 비교되는 포르투갈인들만의 그리움, 슬픔, 절망, 기다림 등이 짬뽕된 이 정서를 포르투갈어로 "사우다드Saudade"라 한다. 구글 번역기에 돌려 이 단어를 영어 단어로 바꾸어 보면 "longing"이라고 뜬다. 말하자면 슬픈 기다림, 잊지 못함, 회복 불가능한 슬픔, 이런 정서들의 종합이라고 보면 된다.

포르투나 리스본, 코임브라 같은 곳에서 파두를 감상하려면 두 가지 방법이 있다. 하나는 작은 소공연장 같은 공간에서 파두 연주를 듣고 인터미션 시간에 와인 한 잔을 대접받는 방식이다. 이런 공연은 대개 저녁 6~7시 사이에서 시작해 한 시간 정도 진행하며 입장료는 17~20유로 정도이다. 30분 공연 후에 한 차례의 휴식 시간을 갖는다. 맨정신에 저렴한 가격으로 간단하게 파두를 즐길 수 있는 방법이다. 또 하나는 파두 전문 레스토랑에서 식사와 와인을 하며 더 늘쩍지근하게 파두를 즐기는 방법이 있다. 이런 공연은 대체로 (앞의 것보다 약간 늦게) 저녁 7~8시 정도에 시작해 밤이 이슥하도록 진행되는 대신에 앞의 방법에 비해 더 많은 시간과 돈을 지출해야 한다. 업소에 따라 다르지만, 식사에 와인을 병으로 주문해서 즐기면 얼추 잡아도 1인 당 60~70유로 정도의 지출을 각오해야 한다. 그 대신 최소 2시간 이상의 파두 공연을 와인의 향취에 푹 젖어서 즐길 수 있다. 최 시인과 나는 구운 송아지 요리에 레드 와인 한 병, 빵과 치즈까지 주문하니 총 125유로가 나왔다. 생각하기에 따라 적절하거나 아니면 큰 지출일 수도 있지만, 어차피 포르투갈에 온 우리로서는 일종의 통과제의란 생각.

그러나 재즈도 그렇지만 파두 역시 이미 현장의 '생활 음악'이 아니다. 그러니 파두 공연장에 가서 선창가의 센티멘탈 로맨스를 즐기려 한다면 그건 착각이다. 재즈나 파두 둘 다 이제는 하위 주체들의 고단한 삶에서 완전히 분리된 '공연 음악'에 불과하다. 오래전에 재즈의 고향이라 불리는 미국의 뉴올리언스에 간 적이 있다. 관객들이 가장 알아준다는 재즈 공연장인 프리저베이션 홀Preservation Hall이라는 곳에서 내가 만난 재즈 연주자들은 흰 와이셔츠에 검은 양복과 넥타이를 맨 복장이었는데, 공연 내내 너무나 진지하고 엄숙해서 숨이 막히는 줄 알았다. 그들은 그런 패션으로 아티스트 재즈 연주자로서의 드높은 자존감을 보여주었지만, (복장으로만 따지자면) 재즈 정신에 진짜 충실한 재지스트들은 뉴올리언스 뒷골목 여기저기에서 허

101

름한 복장으로 연주를 하고 있던 가난한 버스커들이었다.

리즈본에서 내가 들렀던 곳은 "아 스베라A Severa"라는 이름의 파두 레스토랑이었는데 KBS의 〈걸어서 세계 속으로—포르투갈 편〉에 나오는 음식점이다. 미리 예약을 하고 갔는데, 테이블이 약간 남을 정도로 자리에 여유가 있었다. 입장은 저녁 8시부터 시작되는데, 디너를 주문해 먹으며 담소를 나누다 보면 9시에 파두 공연이 시작된다. 공연은 11시 너머까지 계속되었는데, 4명의 가수가 각각 4~5곡 정도의 노래를 부르고, 마지막엔 레스토랑 이름을 딴 "아 스베라"라는 제목의 파두를 합창으로 들려주었다. 한 가수의 노래가 끝날 때마다 휴식 시간이 주어졌고, 조용히 음악을 듣던 손님들은 다시 대화를 나누고, 그 시간을 이용하여 웨이터들은 접시들을 치우거나 다시 주문을 받곤 한다. 웨이터들도 하나같이 검은 양복, 흰 와이셔츠에 나비 넥타이 차림이다. 이런 곳에 가면 모든 것이 백 프로 비싸다. 정식 공연장이 아니었고 별도의 무대도 없이 레스토랑의 전면 중앙부 화장실 출입문 옆의 빈 공간에서 연주를 했지만, 연주는 비교적 단정하고 엄숙했으며 잘 조직된 형태의 것이었다. 노래도 무조건 슬픈 파두만 불러대는 것이 아니라 경쾌한 파두와 슬픈 파두를 기술적으로 잘 섞어서 배열한다. 그러니 얼치기 감상이 들어갈 여지가 없다. 좋은 공부가 되었지만, 파두에 흠뻑 젖을 수 있는 분위기는 아니었다. 그런 분위기는 아무래도 먼 대항해시대의 선창가로 돌아가 떠들썩한 어부들과 아무렇게나 질질짜며 이름 없는 가수의 과장된 슬픔을 들어야 비로소 느끼게 될 것이다. 다만 기타 연주자들이나 가수가 마이크를 전혀 사용하지 않고 완벽한 언플러그드로 연주하는 장면은, 그때 그 시절의 모습과 똑같을 것 같아 파두의 순정을 느끼게 해주었다.

2024.01.16

28

제로니무스 수도원을 나와 포르투갈 대항해시대의 상징인 벨렝탑을 향해 이동. 벨렝탑은 테주강을 마주 보고 있는 제로니무스 수도원에서 테주강 쪽으로 약 1.2킬로미터 북서쪽에 있어서 강변을 따라 테주강의 바람을 맞으며 천천히 산책하면 금방 도착한다. 중간에 작은 카페도 있어서 그곳에서 커피나 와인을 마시며 잠시 쉬었다 가도 된다. 제로니무스 수도원과 함께 1983년부터 유네스코 세계문화유산으로 지정되었다고 한다.

이 탑은 16세기 포르투갈 (르네상스시대의) 최전성기에 마누엘린 양식으로 지어져서 화려하고 아름답기 그지없다. 리베리아 반도에서 가장 긴, 무려 1,007킬로미터에 달하는 테주강이 강으로서의 소임을 다하고 대서양에 고개를 처박는 곳이 바로 이 지점이다. 대항해시대의 모험가들에겐 조국을 떠나는 마지막 항구이며, 오랜 항해와 모험 끝에 지친 몸을 싣고 돌아오는

벨렘탑 측면
Lisboa
2024/01/15
맨스z

벨렘탑의 측면

배의 눈에는 가장 먼저 띄는 조국의 상징물이기도 했다. 이런 지정학적 위치 때문에 벨렝탑은 요새로서의 기능도 함께 갖추었고, 실제로 1831년 테주전쟁the Battle of the Tagus 때에는 프랑스 함대와 이곳에서 포사격을 주고 받기도 했다고 한다. 이 탑은 대략 39피트13미터 정도의 폭, 100피트30미터 정도의 높이에 4층으로 이루어져 있다. 사이즈와 무관하게 이 탑은 건축물 자체로 너무 아름다워서 그 자체 눈을 떼기 힘든 매혹 덩어리였는데, 탑의 강 쪽을 제외한 나머지 180도의 어느 방향에서 보아도 대단한 멋과 위용을 자랑하였다. 카메라를 들고 탑을 기준으로 180도의 첫 부분에서 마지막 부분까지 천천히 회전하며 피사체를 촬영하기는 난생처음이다. 멀리서 그려봐야 작은 스케치북에 나의 어설픈 손으로 그 아름다움을 살리기 어려워 측면의 잘린 부분만 그려 본다.

2024.01.16

29

포르투갈 국민이 영광의 날들로 기억하는 대항해시대는 거꾸로 말하면 침략의 시대이고 약탈의 시대였다. 포르투갈은 15세기에 서아프리카에서 노예 사냥을 시작하며 유럽 최강의 노예 무역 국가가 되었고, 아프리카의 모잠비크, 앙골라, 콩고뿐만 아니라 브라질 등 남미까지 진출해 그곳의 원주민들과 자원을 수탈하였다.

기록에 따르면 16세기 이후 이들의 '동방노예무역' 대상 엔 일본인들과 임진왜란 당시의 조선인들까지 포함되어 있었 다.「대항해시대의 일본인 노예」참조 2019년 『프레시안』에 연재되었던 손 호철 서강대 명예교수의 글에 의하면, 임진왜란 당시 조선 인 구의 약 100분의 일인 10만 명가량의 조선인들이 노예로 잡혀 가거나 팔려 갔다고 한다. 당시에 조선의 여자와 아이들은 조 총 1정의 50분의 1 가격에 거래되었으며, 이로 인해 한때 노예 들의 국제 시세가 폭락하는 일까지 있었다고 한다. 이런 통계 가 구체적으로 얼마나 정확한 것인지는 더 확인이 필요하지만, 포르투갈의 아름다운 유적들엔 아프리카, 인도, 남미, 일본, 조 선 등지에서 끌려와 생지옥을 겪다 죽어간 사람들의 피와 눈물 이 깃들어 있다는 사실 정도는 기억해야 한다. 쿠바의 아바나 거리를 꽉 채운 아름다운 건물들도 15세기 말~16세기에 걸쳐 이루어진 대항해시대 스페인의 노예 무역과 식민 지배의 산물 들이다. 한쪽의 부유가 다른 쪽의 폐허를, 한쪽의 행복이 다른 쪽의 재난을, 한쪽의 천국이 다른 쪽의 지옥을 낳는다.

리스본을 떠나는 날 포르투행 기차표를 넉넉하게 오후 세 시로 예약을 해놓은 것은 바로 포르투갈이 낳은 세계적인 소설 가 주제 사라마구의 흔적을 천천히 보기 위해서였다. 사라마구 재단이 들어서 있는 사라마구 박물관포르투갈어 공식 명칭은 카사 도스 비쿠스 (Casa dos Bicos)은 리스본 성당에서 조금만 아래쪽으로 걸어가면 금 방 찾을 수 있다. 총 4층으로 이루어진 건물이며 사라마구 관런 다양한 자료들을 관람할 수 있다. 이 건물의 고고학적 유래를 보여주는 1층까지는 관람료를 받지 않으며 사라마구의 자료가 있는 2층 이상을 방문하려면 5유로의 입장료를 내야 한다. 페소아의 집이 외관에 비해 콘텐츠가 매우 빈약하다면 사라마구 박물관은 나름 풍부한 자료들이 있어서 사라마구를 더욱 가까이 느낄 수 있다. 박물관의 앞마당 거리엔 2011년 사라마구 사망 1주기에 사라마구의 고향 아지냐가^{Azinhaga}에서 공수해 온 100년 묵은 올리브 나무가 서 있는데, 거기에 사라마구의 화장한 유해가 묻혀 있다. 올리브 나무 좌우엔 긴 직사각형 모양의 석회암으로 짐작되는 흰 돌판이 묻혀 있는데, 왼쪽엔 사라마구의 이름과 생몰 연도가 새겨져 있고, 오른쪽엔 환갑이 된 그를 비로소 세계적으로 주목받는 작가로 만들었던 소설 『수도원의 비망록*Baltasar and Blimunda*』1982의 마지막 문장이 새겨져 있다. "그는 별에게 올라가지 않았다. 왜냐하면 그는 대지의 것이었기 때문이다Não subiu às estrelas, se à terra pertencia"라는 이 문장에선 평생을 '리버테어리언 코뮤니스트libertarian communist'로 살아온 작가의 유물론적 억양이 고집스레 들린다. 평화와 지혜의 상징인 고향의 올리브 나무는 그의 무덤이고, 그것의 좌우에 새겨진 돌판들은 그의 묘비인 셈이다.

많은 자료가 그의 사상적 입장을 간단히 무신론과 코뮤니즘으로 요약한다. 실제로 그는 『예수 그리스도의 복음*The Gospel According to Jesus Christ*』1991이라는 소설에서 예수와 하나님의 신성을 모독하고 과도하게 세속화했다는 이유로 로만 가톨릭 교회 공동체의 혹독한 비판을 받았고, 1992년 당시 포르투갈 수상인 카바코 실바Anibal Cavaco Silva는 그의 이름을 '유럽 문학상Aristeion Prize'의 후보자 명단에서 삭제하도록 명령했다. 이와 같은 정치적 검열에 크게 상심한 그는 이듬해에 스페인 카나리제도의 섬 란자로테Lanzarote로 망명 아닌 망명을 떠난다. 그 이후 그는 2010년 죽어서 시신으로 돌아올 때까지 근 20년의 세월 동안 그곳에서 살며 소설을 쓴다. 내가 볼 때 그의 '무신론'에 관해서는 다양한 논쟁의 여지가 있을 것으로 보인다. 다만 신의 존재 여부에 대한 그의 입장을 떠나 그가 예수 정신이 사라진 제도로서의 교회의 타락과 위선에 대하여 매우 비판적인 태도를 견지했던 것은 사실이다.

그는 또한 1969년에 포르투갈 공산당에 가입한 후에 자칭 '리버테리언 코뮤니스트'로서 죽을 때까지 당원의 신분을 버리지 않았다. 그는 가톨릭교회뿐만 아니라 그가 자본의 완고한 요새로 간주한 유로 연합, 그리고 국제 통화기금에 대해서도 매우 비판적이었으며, 팔레스타인의 해방을 위한 정치적 발언을 평생 이어갔다. 그는 한 인터뷰에서 "세상을 바꾸는 것은 예술가가 아니라 시민이며, 시민이라면 자신의 현실에 반드시 참여해야 한다. 나는 현실에 참여하지 않는 나 자신의 모습을 상상할 수 없다"고 말했다. 이런 확고한 정치적 입장에도 불구하고 그는 '문학의 정치politics of literature'랑시에르(J. Lanciere)가 무엇인지 정확히 알고 있는 예술가였다. 그는 실험적인 장치와 기발한 상상력을 통하며 '문학예술의 방식'으로 (그의 표현을 빌리면) "지옥의 자리the seat of hell"인 이 세상에 대하여 줄기차게 써댔으며, 세상의 "조직화된 거짓말들"을 까발렸다.

2010년 그의 유해가 조국 포르투갈로 돌아올 때, 리스본에는 약 2만여 명의 시민들이 몰려나와 그의 마지막 가는 길을 애도하였으며, 정부는 이틀간을 공식적인 애도 기간으로 선포하였다. 이때에도 바티칸의 기관지는 그를 "반-종교적인 이데올로그"이자 "극단적인 인민주의자"라고 비난하였다. 죽은 지 50년이 지나 제로니무스 수도원에 안장된 페소아와 달리, 그의 유해가 가톨릭 성당으로 들어갈 날은 오래도록 오지 않을 것 같다. 그가 죽었을 때 리스본 거리 곳곳에 나붙었던 그의 사진과 "고마워요, 주제 사라마구Abrigado, Jose Saramogo"라는 문구만이, 평생 가난하고 억압받는 사람들의 편에서 글을 썼던 그에 대한 포르투갈 국민의 깊은 애정을 보여준다.

사라마구 박물관에서 가장 인상 깊었던 것은 그가 받은 노벨문학상 메달의 실물이었다. 최 시인의 표현을 빌면 한국의 "도톰한 개떡"처럼 생긴 그것은 어떤 깊은 황금의 추억처럼 속으로 은은하게 빛나고 있었다. 2층의 기념품점에서 나는 사라마구의 초상이 들어 있는 작년 치 다이어리올해 것은 아직 나오지 않았다를 5유로에 샀고, 최 시인은 사라마구의 『포르투갈 여행기 Journey to Portugal』이중 언어본포르투갈어 / 영어을 손에 넣었다. 문득 올리브 나무가 지천이라는 사라마구의 고향 아지냐가를 가보고 싶은 생각이 들었다. 자료를 찾아보니 그곳은 인구 1,400여 명이 사는 포르투갈 중동부 지역의 작은 시골 마을인데, 그래도 기차역이 그곳 근처까지 들어가 있다. 내가 머무는 포르투에서는 약 230킬로미터 정도 떨어져 있다. 갑자기 한 번도 가보지 않은 그곳이 그립다.

2024.01.17

30

일이 있어서 포르투 외곽으로 조금 나가니 가로에 벌써 흰 목련이 피고 있다. 현지인들이 주로 이용하는 베이커리에서 둘이 햄 앤 치즈 샌드위치와 함께 오렌지 쥬스, 그리고 커피를 마셨다. 합이 11.2유로. 돌아오는 길에 집 건너편 방글라데시 이민자가 운영하는 슈퍼에서 오렌지 다섯 개와 슈가 제로 캔 콜라 두 개를 샀다. 합이 5.2유로. 늙은 사라마구의 얼굴이 흑백으로 그려진 지난해 다이어리에 올해 1월과 2월의 달력을 그려 넣었다. 그리고 그 안에 여러 원고의 마감일을 적어놓았다. 여전히 바쁘고 바쁜데, 이상하게 시간이 길게 길게 늘어진다. 참 좋다.

2024.01.18

31

언덕길을 천천히 오르는 노랗고 빨간 트램, 고색창연한 골목들, 색 바랜 창가에서 흔들리는 빨래, 대서양으로 흘러 들어가는 테주강의 안개, 우기의 겨울비, 고색창연한 성당에서 울려 퍼지는 종소리. 리스본은 영화 〈리스본행 야간 열차〉 때문에 더욱 많은 사람에게 한 번쯤은 가보고 싶은 명소가 되었다. 그러나 리스본의 공간과 이미지와 그 모든 생활의 소리를 온몸으로 느끼려면 〈리스본행 야간 열차〉보다 영화 〈리스본 스토리〉를 봐야 한다.

손님을 기다리는 빨간 트램, 리스본

1994년에 나온 이 영화는 독일의 빔 벤더스Wim Wenders가 만들었다. 빔 벤더스라니? 그는 바로 〈파리, 텍사스〉, 〈베를린 천사의 시〉를 만든 영화감독이다. 시적인 영상, 깊은 사유에서 나오는 대사들로 유명한 그의 영화들은 대부분 '길 위에서on the road'의 내러티브로 이루어져 있다. 〈리스본 스토리〉 역시 일종의 로드 무비이다. 주인공 필립 빈터는 음향 담당 기사이다. 그는 영화감독인 친구 프리드리히의 부탁으로 폐차 직전의 빨간 똥차를 끌고 독일에서 리스본까지 무려 2,300여 킬로미터의 긴 여정에 오른다. 프리드리히는 리스본에 깊이 매혹되어 그곳의 삶을 흑백 필름으로 찍고 있었고, 그것에 음향을 입히기 위하여 빈터에게 도움을 요청했던 것이다. 그러나 천신만고 끝에 도착한 프리드리히의 거처에는 프리드리히가 작업한 흔적들만 생생하게 남아 있을 뿐, 정작 프리드리히는 사라지고 없다. 빈터는 자연스레 친구 프리드리히를 찾아다니게 되고, (그가 우연히 보게 된) 프리드리히의 필름에 입힐 사운드를 녹음하는 과정을 통해 리스본의 이미지와 소리들이 자연스레 화면을 채워간다. 다큐와 픽션이 섞인 이런 내러티브 자체보다 관객의 눈길을 더 끄는 것은 바로 이 과정을 통해 감독이 보여주는 (서늘하도록 아름다운) 리스본의 매력적인 풍경들이다. 중간중간 빈터가 읽어주는 페소아의 시편들이나 포르투갈의 '국민 파두 밴드' 테레사 살게이로와 마드레데우스Teresa Salgueiro and Madredeus가 들려주는 파두는 리스본의 풍경들에 덧보태진 최상의 보너스이다. 최 시인과 어젯밤 늦게까지 이 영화를 보는 내내 불과 며칠 전에 다녀온 리스본이 다시 뜨겁게 그리워졌다. 리스본을 느끼고 싶다면 〈리스본행 야간 열차〉만이 아니라 〈리스본 스토리〉를 꼭 함께 챙겨 보시라.

포르투를 포르투답게 만드는 것 중의 하나는 어딜 가든지 수시로 들려오는 수백 년 묵은 성당들의 종소리이다. 포르투에서 지내고 있는 나는 한밤중을 제외하고 포르투 대성당과 주변의 다른 성당들에서 울려 퍼지는 종소리를 온종일 듣는다. 밥을 먹거나, 커피를 마실 때, 혹은 책을 읽거나 글을 쓸 때도, 그것은 바람처럼 찾아와 존재의 명함을 내민다. 성인이 된 후에 리스본을 평생 떠나본 적이 없는 페소아의 귀에도 이 종소리가 그냥 스쳐 지나갔을 리가 없다.

오, 우리 마을의 교회 종이여,

네 애처로운 소리는

고요한 저녁을 채울 때마다

내 영혼 안에서도 울려 퍼지지.

네 종소리는 너무 천천히 울려,

마치 삶이 너를 슬프게 만드는 것 같아.

이미 울린 첫 번째 땡그랑 소리가

벌써 여러 번 울린 것처럼 들리지.

네가 나를 얼마나 가까이 만지는지

내가 지나갈 때마다, 항상 둥둥 떠다니는 너는,

내게 꼭 꿈결 같아 —

내 영혼 안에서 너의 소리는 아득히 멀리 들리지.

하늘을 가로질러

네 땡그랑 소리가 울려 퍼질 때마다,

나는 느끼지, 과거가 멀리 사라짐을.

나는 느끼지, 향수nostalgia가 가까이 다가옴을.

페르난도 페소아, 오민석 역,
「오, 우리 마을의 교회 종이여Oh church bell of my village」전문

2024.01.19

32

매일 한 점씩 드로잉을 했더니 한국에서 가져온 작은 스케치북이 거의 바닥이 났다. '노트NOTE!'라는 (느낌표가 붙은) 이름

의 문구 체인점을 찾아 외출. 상 벤투역을 지나 포르투 시청 쪽으로 꺾어지니 "세상에서 제일 아름다운 맥도날드"라고 한국에서도 입소문이 난 지점이 보인다. 이곳의 맥도날드는 다른 카페와 다를 바 없이 넓은 노천에 테이블과 의자들을 내놓고 있어서 맥도날드 간판만 없다면 외관상으로 여느 카페와 크게 다를 바 없다. 오늘은 비교적 한가한 편이어서 최 시인과 바깥자리에 앉아 천천히 카푸치노를 마셨다. 한 잔에 13유로이다. 시청을 지나 100여 미터쯤 더 걸어가니 문구점 'NOTE!'의 노란색 간판이 보인다.

문구점에 들러 가느다랗고 긴 연필 모양의 지우개, 초록색 표지의 예쁜 스케치북, 파버 카스텔에서 나온 목탄 연필 세트, 투명한 플라스틱 줄자를 샀다. 특별히 파버 카스텔에서 나온 0.35밀리짜리 샤프펜슬과 여분의 연필심도 샀는데, 작은 스케치북에 세밀한 터치를 하려면 0.5밀리짜리 연필도 너무 뭉툭해 표현할 수 없는 부분이 있기 때문이다. 목탄 연필 세트는 귀국시 부피를 생각해 일단 6개짜리 작은 것을 샀는데, 짙은 올리브색 철제 통장에 짝수로 2B부터 10B까지의 목탄 연필이 나란히 들어 있다. 목탄은 아직 한 번도 사용해 본 적이 없다. 그 효과가 궁금하다.

지난번 구입했던 페소아의 시집을 바로 다 읽어서 태블릿에 PDF 파일로 담아온 페소아의 영문판 시집을 조금씩 읽는다. 그렇고 그런 시들도 많지만, 오늘 읽은 시는 페소아 문학의 힘을 보여준다.

> 오, 영원한 밤이여, 나를 당신의 아들이라 부르고
>
> 당신의 팔로 나를 품어주오. 나는 왕이라네
>
> 기꺼이 내 꿈과 권태의,
>
> 왕좌를 버린 사람.
>
> 내 약한 팔을 끌어내린 나의 검을
>
> 나는 강하고 한결같은 손들에 넘겨주었지.
>
> 그리고 바로 옆방에서 나는
>
> 산산조각 난 홀笏과 왕관을 포기했다네.
>
> 내 박차는 헛되이 딸랑거리고
>
> 나는 이제 쓸모없어진 내 갑옷을
>
> 차가운 돌계단 위에 버려두었네.
>
> 나는 왕권과, 몸과 영혼을 버렸어,
>
> 그리고 그렇게 고요하고, 그렇게 오래된 밤으로 돌아왔지,
>
> 해가 질 때의 풍경처럼.

페르난도 페소아 「폐위」 전문(영역본, 오민석 역)

페소아가 스물다섯 살[1913]에 쓴 시이다. 그는 그때 이미 적멸의 의미를 알았다. 결국 우리 모두 "폐위"의 길로 간다.

2024.01.20

33

　오랜 우기 끝에 며칠 연이어 날씨가 좋다. 어제는 모처럼 노을을 보기 위해 동 루이스 다리 쪽으로 산책을 나갔다. 다리를 건너기 전의 작은 광장에 사람들이 무슨 축제라도 하는 것처럼 많이 모여 있다. 가까이 가니 근 열 명은 되어 보이는 청년들이 검은 가운을 입은 채 버스킹을 하고 있다. 기타 세 대, 아코디언 한 대, 드럼 대신에 치는 카혼cajon 하나, 캐스터네츠로 무장한 이들은 작은 깃발까지 들고 있다. 나중에 물어보니 이곳 포르투대학 인문학부 노래 동아리의 학생들이다. 이들에 따르면 검은 가운을 입는 전통은 코임브라대학만이 아니라 대부분의 포르투갈 대학의 유구한 전통이라 한다. 한 학생이 들고 있는 푸른색의 작은 깃발엔 포르투갈어로 이들의 소속과 서클 이름이 쓰여 있고, 가운데엔 만돌린과 기타를 합쳐놓은 것 같은 포르투갈의 전통 악기가 그려져 있다. 깃발을 든 학생은 노래가 절정에 오를 때마다 마치 투우사처럼 멋지게 돌며 깃발을 휘두른다. 그럴 때마다 서서 구경하는 사람들 사이에서 박수와 환호성이 터져 나온다. 이들이 피날레로 (앞에서 내가 '슬픈 혁명가'라 칭한) 〈벨라 차오Bella Ciao〉를 부르자, 구경꾼들이 다들 따라 부른다. 아, 아름다운 젊음이여, 너는 절대 시들지 말아라. 내가 앙코르를 청하자, 그들은 〈벨라 차오〉를 한 번 더 부르고 나서 나와 사진까지 찍어주었다. 문득 대성리 엠티에 가서 학과 깃발을 든 학생들과 기념사진을 찍던 모습이 데자뷔처럼 까마득하게 떠오른다. 현역 대학생들이라서인지 이들도 내가 (한국

거리에서 노래하는 포르투대학생들과 한 컷

에서 온) 인문학 전공의 교수라 하니 더욱 반가워하며 호의적이다. 집에 돌아와 한 학생에게 받은 이메일 주소로 함께 찍은 사진을 보내주었다.

구름 한 점 없는 맑은 날인데도 도루강의 노을은 붉게 타오르지 않았다. 노을 보기를 포기하고 집으로 돌아오던 중 놀라운 모습을 보았다. 도루강에 없던 노을이 포르투 성당 일대에서 붉은 화염처럼 타오르고 있었다. 너무 아름다워서 슬픈 것이 있다면 바로 이런 모습일 것이다. 노을은 마그마처럼 터져 불타오르다가 검은 밤의 돌길로 이내 사라져 버렸다. 집에 돌아와 사진 속의 슬픈 불 나라를 넋 잃고 감상하다가 그림으로 옮겨보았지만 참혹한 실패. 시를 쓸 때나 그림을 그릴 때나 끝내 잡히지 않는 '그것'.

2024.01.21

34

며칠 전에 산 그래파이트 연필은 알고 보니 목탄 연필이 아니라 흑연 연필이었다. 목탄 연필은 그래파이트 연필보다 더 부드럽고 진하며 영어로는 'charcoal pencil'이라고 한다. 흑연 연필은 드로잉을 할 때 일반 연필처럼 번질번질 광택이 나지 않는, 일종의 무광택 연필이라고 한다. 실제로 사용해 보니 종이에 착착 감기는 것이 일반 연필보다 드로잉을 하기가 훨씬 편하다. 다행히 마제스틱 카페 건너편에 미술용품 전문점이 있어서 산책 겸 들러 진짜 목탄 연필 세 자루를 구해왔다. 그림도 소위 '장비빨'이라고, 초짜 중의 왕초짜인 내가 보아도 탐나는 미술도구들이 참 많다.

정상적인 방법으로 획득한 남의 행복이 왜 혐의가 될까. 우리 부부는 둘 다 사별하고 영혼이 다 털리는 고통을 일찍이 경험한 사람들이다. 뒤늦게 만나 다시 가정을 꾸려 다행히 잘 살고 있다. 그러면 위로와 축복을 해줘야 하는 것 아닐까. 장기간의 해외 체류? 나도 이런 식의 여행은 태어난 지 66년 만에 처음이다. 애들 키우고 먹고살기 바빠서 평생 이런 여행을 할 틈이 없었다. 한 직장에서 30여 년을 열심히 일했고, 얼마 전에 정년 퇴임했다. 작가로서는 아직도 현역이다. 지금여기에서도 한 달이면 200~300장의 원고를 쓴다. 이런 여행이 처음이라 모든 것이 새롭고 즐겁다. 그런데, 이게 왜 잘못인가.

사랑하는 이들이 병환 중이라 힘든 사람들이 주변에 많다. 나도 6년 전에 지지리 운도 없이 세상의 바닥을 기던 무명

화가 남동생을 먼저 보냈다. 5년 전엔 아내가 갑자기 세상을 떴고, 2년 전엔 사랑하는 어머니와 아버지를 몇 달 간격으로 차례로 보냈다. 내 안에도 '항구적인 슬픔'이 있다. 그 슬픔은 무슨 농양처럼 내 영혼의 그늘에 늘 고여 있다. 문학을 한답시고 절망의 파토스에서 벗어난 적이 없다. 절망은 나의 실존이자 관습이었다. 사회적이고 정치적인 절망도 나의 오랜 거처이다. 그러나 한 줌 희망이 없다면, 억지일지라도 희망 한 조각을 꿈꾸지 않는다면, 어떻게 살아갈까. 앞에서 페이스북에 (게으른) 연재를 했던 「꿈꾸는 아몬드 나무」도 그런 희망 찾기의 어려운 과정이었다. 함부로 희망을 말하는 것도 허영이지만, 희망 없이 사는 것도 무책임한 짓이다. 도도한 절망만큼 도도한 희망도 필요하다.

2024.01.22

35

12세기에 로마네스크 양식으로 지어진 포르투 성당을 집 앞에 두고 (성당 마당으로는 산책을 자주 갔지만) 성당 내부엔 아직 한 번도 들어가지 않았다. 서울 사람들이 서울 타워에 올라가지 않는 것과 유사한 심리일까. 언제든 맘먹으면 갈 수 있다는 것. 그래서 오늘 처음으로 들어가 본 포르투 성당의 내부는 한마디로 압권이었다. 근 1,000년의 비바람에 낡고 우중충해 보이는 외부와는 달리 성당 내부는 정갈하고 엄숙하며 깊이 있는 화려함으로 보는 이를 압도한다. 내부의 거의 모든 벽은 마

아줄레주(포르투갈의 전통 타일)로
장식한 포르투 대성당의 벽

치 벽지처럼 흰 바탕의 푸른 아줄레주^{azulejo}로 뒤덮혀 있다. 아줄레주는 채색 도기로 만든 일종의 타일로 포르투갈 건축의 화룡점정이다. '작고 아름다운 돌'이라는 뜻의 아라비아어에서 유래했다고 한다. 포르투갈에선 골목의 집들, 성당, 극장, 음식점 등, 건물이 있는 곳이면 어디를 가나 은근한 아름다움을 뽐내는 다양한 색상과 무늬의 아줄레주를 볼 수 있다. 아줄레주 사진만 찍어서 전시를 해도 대단한 조형미를 넉넉히 보여주고도 남을 것이라는 생각이 평소에 들었다. 상 벤투역의 내부는 무려 2만여 개의 아줄레주로

포르투갈의 역사와 문화를 형상화해 놓았는데, 기차를 타러 온 것이 아니라 이것을 보러 온 사람들로 늘 북적인다.

포르투 성당의 웅대하고도 화려한 아름다움은 안타깝지만 카메라로는 어느 각도에서도 잘 담아지지 않는다. 찍어서 화면으로 보면 성당의 초라한 미니어처가 잡힐 뿐이다. 관람 중인 사람들은 누가 시키지 않아도 자연스레 두 손을 앞으로 가지런히 모으고 말소리를 줄이게 된다. 화려함을 대놓고 자랑하는

후기 고딕 포르투갈의 마누엘
린 양식과 달리 포르투 성당의
내부는 화려함을 고전의 어떤
정신으로 꾹 누르고 있는 느낌
이 든다. 그래서 화려하지만 가
볍지 않고, 무겁지만 엄숙하지
않다. 마침 미사가 진행 중이었
는데, 최 시인과 나는 분위기에
압도되어 자연스레 미사에 끼
어들었다. 알 수 없는 외래어로

주제 사라마구의
유해가 묻혀 있는 올리브 나무,
주제 사라마구 재단 앞마당

진행되는 미사였지만, 무슨 말인지 다 들렸고 모두 알아들을 수
있었다. 미사 중간에 어떤 중년 여성 신도가 부른 성가는 성당의
높은 천정으로 올라갔다가 마치 천국에서 내려오는 하늘의 목
소리처럼 신도석으로 떨어져 내렸다. 매표소에 물어보니 (주일을
포함한) 매일 오전 열한 시에 미사와 성찬식을 거행한다고 한다.
비수기라 관광객들도 상대적으로 적게 오는 이즈음, 매일 아침
이 자리에 와서 그냥 일정 시간 가만히 앉아만 있어도 마음의 평
화와 고요가 넉넉히 내려앉을 것 같다. 중세 교회의 역사를 지우
고 공간 자체로만 이런 성당들을 대하면, 다른 곳에서는 도저히
찾을 수 없는 어떤 깊은 영성이 고요하게 밀려옴을 느낀다. 하나
님은 나쁜 일도, 나쁜 것도, 결국엔 다 선한 일로 사용한다. 아직
본격 크리스천도 아닌 최 시인은 성당에 갈 때마다 (교회를 오래 다
녔지만 아직도 건달인) 나보다 그 분위기에 훨씬 더 깊이 빠져든다.

주여, 우리는 길을 모르오니
우리 갈 길을 늘 인도하소서.

리스본의 사라마구 기념관에 온라인으로 주문한 기념품이 도착하였다. 사라마구의 유해가 묻혀 있는 늙은 올리브나무와 그 아래 땅바닥에 묻힌 비석을 형상화한 미니어처 조각이다. 올리브 나무 잎사귀들이 전부 알파벳으로 이루어져 있다. 그러므로 이 나무는 문장이고 텍스트이

주제 사라마구의 초상이 새겨진 공책과 그의 유해가 묻힌 올리브 나무를 형상화한 기념품

다. 사라마구 탄생 100주년을 기념하며 사라마구 재단이 만들어 보급한 것인데, 정작 기념관에서 깜박 잊고 구하지 못했던 것을 이제 손에 넣었다. 책상의 독서등 아래 놓으니 높고 깊은 정신 하나가 바로 옆에 정겹게 앉아 있는 느낌이다. 참 좋다. 나는 어떻게 문학을 하게 되었나. 청년 카프카의 고백대로 '나는 문학이다'.

2024.01.23

36

1577년에 예수회가 지은 그릴로스 교회 Igreja dos Grilos 는 포르

투 교회의 담장 바로 아래에 '숨겨져 있다'고 말하면 정확하다. 혹은 '숨겨져 있는 보물'이라고 이야기해도 좋다. 포르투 교회에서 도루강 쪽을 내려다보며 사진을 찍다 보면 바로 앞 눈높이에 있는 그릴로스 교회의 첨탑이 자연스레 포착된다. 그 첨탑에는 거의 항상 갈매기가 앉아 있는데, 사람들은 포르투 대성당의 거대한 아우라에 눌려 이 첨탑의 주인인 그릴로스 교회의 존재를 거의 의식하지 못한다. 심지어 노을 무렵의 그 첨탑을 며칠 전에 그림으로 옮긴 나도 마찬가지였다.

오전에 성당 아래 골목을 배회하다 우연히 들린 이 교회엔 4세기경에 발견된 로마시대의 유적들을 보존하는 고고학 박물관이 있을뿐더러 (물론 규모는 작다), 15세기에서 19세기에 걸쳐 만들어진 여러 종류의 십자가 예수상들을 보존하고 있다. 이렇게 많은 예수상을 한꺼번에 보기도 처음이다. 저마다 예수가 겪은 죽음의 고통과 부활의 신성을 재현하려 하지만, 세상의 그 어떤 예수상도 예수를 온전히 재현하지 못한다. 예수는 이데아 너머의 신성이므로 애초에 재현 불가능하다. 그렇지만 수많은 예술가와 종교

123

피에타
Lisboa Cathedral
2024/01/15
미사3

리스본 대성당의 피에타

인들이 그것의 재현에 골몰해
왔다.

　그릴로스 교회의 관리인
은 점잖고 선하게 생긴 중년
신사였는데, 내 신분증도 확
인하지 않고 반값 시니어 할
인을 해줄 정도로, '적극적으
로 친절한' 분이었다. 1인당
입장료가 3유로이므로 우리
는 4.5유로를 내고 교회 관람
을 시작. 손님이라곤 우리 내
외밖에 없다. 첨탑으로 올라
가는 길은 사람 하나가 겨우
올라갈 정도의 매우 좁고 가
파른 계단으로 이루어져 있
다. 꼭대기까지 겨우 올라가

그릴로스 교회 옥탑에서 본
포르투 성당의 전면

자, 햇빛 아래 반짝이는 도루강의 윤슬과 그 뒤로 언덕을 가득
메운 주황색 지붕의 집들이 빼곡히 내려다보인다. 첨탑의 아치
사이로 정작 포르투 대성당의 광장에서는 한 화면에 절대 담
을 수 없는 포르투 성당의 전경도 한눈에 들어온다.

　포르투 성당 아래 바뉴아 골목의 폐가 문짝에 그려진 낙
서. 검은 손으로 두 눈을 가린 사람, 그리고 양쪽 귀를 막은 사
람. 그 아래 써 있되, "감정 없는 공간", "그는 윤리적으로 미학

바뉴아 거리의 낙서

을 이해하는 것을 잊었다". 미학에서 윤리가 떠날 때, 아름다움
도 사라지지. 누가 폐가에 저런 그림과 문장을 남겼을까.

2024.01.24

37

볼트 택시를 불러 '비에트뷰VietView'라는 베트남 음식점에
가서 쌀국수를 먹고 다시 산책 삼아 집으로 걸어 오는 길. 미겔
봄바르다Miguel Bombarda 거리에서 만난 조그만 기념품점. 가게 이
름이 '반란La Rebelión'이다. 반지, 목걸이, 팔찌 등의 장신구, 티셔
츠, 바지, 엽서, 스티커, 사진, 장식용 아줄레주타일, 향초 등을 파
는 데, 대부분의 물건이 원주민 주권 운동, 페미니즘 운동, 성소
수자 운동, 팔레스타인 해방 운동, 노동 운동, 동물 보호 운동, 채
식비건주의 운동 등을 주제로 한 것들이다. 화염병 대신에 꽃을
던지는 청년의 모습이 그려진 티셔츠, "내가 당신에게 자본주의
에 관하여 이미 말했잖아I Told You About Capitalism"라는 문장이 선글라스
를 낀 마르크스의 캐리커쳐 위에 새겨진 티셔츠, 팔레스타인 지도
와 함께 "강에서 바다까지 팔레스타인은 자유이다From The River To The Sea
Palestine Will Be Free", "비건의 힘"이라는 문구가 쓰여 있는 티셔츠들이
한 장에 10~12유로씩 한다. 나는 엽서 두 배 크기의 파블로 네루
다와 주제 사라마구의 흑백 사진, 밥 딜런, 가브리엘 마르케스의
얼굴이 들어간 아줄레주, 그리고 오른손 약지에 낄 은반지 하나
를 구입했다. 물건을 담아주는 비닐백도 붉은색이다. 영어를 잘
못하는 주인에게 스마트폰 번역기를 이용해서 포르투갈어로

"내가 당신에게 자본주의에 관하여 이미 말했잖아(I Told You About Capitalism)", 티셔츠 디자인

"혹시 너 시인이니Por acaso você é poeta?"라고 물었더니 어색하게 웃으며 아니란다. 진정한 시인과 소설가는 모두 '반란'의 피를 타고났으니, 언어의 미로에서 모반을 꿈꾸는 이들에게 오늘도 축복 있기를.

보이지 않아도 길은 있다. 길이 있어도 보지 않는다.

한국에서 보기 힘든 디자인의 봄옷, 무려 다섯 벌을 한국 돈으로 대략 10만 원 정도에 '득템'을 한 최 시인이 승리한 전사처럼 웃는다. 그 미소에서 봄이 환하게 쏟아진다.

2023.01.25

38

포르투의 골목길을 산책하다 보면 폐가가 적지 않게 보인다. 시골도 아니고 포르투갈 제2의 도시, 게다가 세계적인 관광지에 웬 폐가들. 잘 이해가 되지 않지만, 이것은 엄연한 현실이다. 심지어 포르투 시청 앞 광장 오른쪽 옆의 고층 건물 (그래봐야 10층 미만이지만) 한 채도 폐가이다. 자세히 보면 깨진 유리창들 속으로 오래 묵은 검은 어둠이 들여다보인다. 골목길의 닫힌 문들엔 다시는 열릴 것 같지 않은 자물쇠 아니면 녹슨 쇠사슬이 걸려 있다. 스프레이 페인트로 쓴 알 수 없는 낙서들이 죽은 집들의 서사를 안간힘으로 이어가려 하지만 역부족이다. 닫힌 문은 오래 묵은 서사를 점점 더 깊은 내면으로 숨긴다. 우기인 겨울, 벽과 문짝 여기저기에 연두색 이끼가 자란다. 갈수록 검은색을 닮아가는 건물에서 이끼는 가장 화려하고 따뜻한 색으로 폐허를 조금씩 덮는다.

간판만 남은 주점

'PIGS'라는 말이 있다. 유로존에서 심각한 국가 채무와 재정 위기에 시달리고 있는 남유럽의 4개국을 지칭하는 용어이다. 포르투갈, 이탈리아, 그리스, 스페인. "돼지들은 왜 날지 못하나 Why PIGS can't fly?" 라는 제목의 『뉴스위크』 기사 2008년에서 유래한 용어라 한다. 그래도 요즘 포르투 시내를 걷다 보면 여기저기서 열심히 일하고 있는 타워크레인을 자주 목격한다. 남의 나라지만 경기가 부양되는 신호이면 좋겠다.

"부디 신께서 지금껏 아무도 동정하지 않은 나를 동정하시기를." 페르난도 페소아, 「전쟁에 붙이는 시」

2024.01.26

폐허로 닫힌 문

뒷골목 이야기
Porto
2024/01/??
미선

포르투의 뒷골목

39

포르투의 역사 지구는 대부분 1996년에 유네스코가 지정한 세계문화유산이다. 성당, 주택, 공관, 음식점, 극장, 상점 등, 마주치는 것마다 수백 년의 역사를 가지지 않은 것들이 거의 없다. 그렇지만 이곳에서도 삶과 생계와 운명들이 계속 이어진다. 우리 집에서 상 주앙 국립극장São João National Theatre으로 오르는 길목에는 1852년에 지어진 '샴 거리의 샘물Fonte da Rua Cham'이라는 이름의 샘물이 하나 있다. 유서 깊은 화강암 벽면의 꼭지에

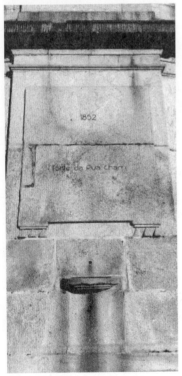

1852년에 새워진 샴 거리의 샘물

서 24시간 내내 맑은 물이 졸졸 흘러나온다. 그런데 어쩌다 사진이라도 찍으려고 그 귀퉁이에 가면 지린내가 진동한다. 오늘도 백주에 한 노인이 짐꾸러미를 옆에 놓고 실례를 하고 있다. 우리가 그곳을 다 지나가도록 그의 '실례'는 끝날 줄 모른다. 지은 지 170년이 넘은 유적지가 사람의 '생활' 앞에서 속수무책이다.

상 주앙 국립극장이 1월 26~28일2024까지 페터 한트케Peter Handke의 연극 〈우리가 서로에 대해 아무것도 몰랐던 시간The Hour

We Knew Nothing of Each Other〉을 공연 중이다. 올가 호리스Olga Roriz라는 (이 곳의) 연출가가 무용극으로 해석한 작품인데, 하물며 무언극이 다. 포르투갈어를 모르는 사람에게 이곳에서 이보다 더 좋은 연극을 찾기란 힘들 것이다. 그런데 2주 전부터 벼르던 것을 깜박 잊고 예약을 하지 않아서 그만 놓치고 말았다. 3일 연속 매진이다. 극장에서 나온 공연 프로그램집을 보면 이곳에서의 연극 등 예술 공연 활동은 매우 활발한 편인 것 같다.

오늘은 산타 클라라 교회Igreja de Santa Clara, 상 프란시스쿠 교 회Igreja de São Francisco, 히베이라 광장, 플로레스 거리를 거쳐오는 긴 산책을 하였다. 성 프란시스쿠 교회 지하에는 상당한 규모 의 지하무덤catacomb이 있는데 1800년대의 수많은 죽음들이 지금 도 이곳에서 죽음을 살고 있다. 지하의 벽감壁龕뿐만 아니라 관 람객들이 밟고 다니는 바닥에도 죽음들이 즐비하다. 벽감의 무 덤엔 머리마다 일련번호가 달려 있고 "여기에 ~가 누워 있다Aqui

Jaz"라고 시작하는 문장과 함께 망자의 이름 그리고 사망 날짜가 적혀 있다. 바닥의 어떤 부분은 두꺼운 유리로 되어 있어서 그 아래지하의 지하를 들여다볼 수 있는데, 그곳에는 자타 구별 없이 뒤섞인 사람들의 뼈가 무슨 쓰레기처럼 함부로 쌓여 있다.

히베이라 광장의 노천 카페에서 아내와 레드 상그리아Sangria를 천천히 오래 마시다. 도루강의 붉은 노을과 강아지처럼 울어대는 갈매기들과 군밤 굽는 연기가 한데 어울려 이곳을 떠난 후에 닥쳐올 그리움의 지독한 풍경을 만들고 있다. 포르투 한복판에서 나는 혼자 중얼거린다. '아, 그리운 포르투'.

2024.01.27

40

시내 중심가에서 조금 떨어져 있어서 급한 일정이라면 그냥 지나가기 십상인, 그러나 포르투의 어느 곳에서도 볼 수 없는 아름다운 풍광을 자랑하는 곳이 있다. 상 벤투역에서 2.5킬로미터 정도 떨어져 있는 수정궁 공원Jardins do Palácio de Cristal이라는 곳이다. 사실 '수정'과 '왕궁'이라는 이름들의 불편한 조합 때문에 포르투에 온 지 근 40일이 지나도록 별로 마음이 당기지 않는 곳이었다. 나는 왕궁이라는 장소가 늘 불편하다. 권력과 낭비와 음모와 폭력의 천국이 있다면 그런 곳일 테니까. 수정이라는 이름도 너무 싸구려 냄새가 나서 싫다. 그러나 나처럼 이런 단어들에 대해 불편한 감정이 있는 사람일지라도 이

수정궁 정원에서 본 도루강의 풍경

수정궁 정원

곳의 수정궁에 대해서는 전혀 걱정할 필요가 없다. 일단 이곳
엔 '수정으로 된 궁전'이 없다. 자료에 따르면 1865년 포르투
국제 박람회 때 이곳에 수정궁이라는 이름의 작은 구조물이
세워진 적이 있다고 한다. 그러나 지금은 그 모습조차 찾아볼
수 없고 그 자리엔 왠지 고풍스러운 포르투와는 잘 어울리지
않는 (커다란 돔으로 된) 건물이 들어서 있다. 지금은 포르투갈의

뒷골목의 비둘기와 갈매기

국민 맥주라 불리는 슈퍼 복의 이름을 따 '슈퍼 복 아레나 Super Bock Arena'라는 이름이 붙어 있는데, 규모가 큰 공연이나 쇼 등이 열리는 장소라고 보면 된다. 공연이 없는 날에는 입장권을 끊은 후에 돔의 꼭대기에 올라가면 포르투의 파노라마 전경을 한눈에 볼 수 있다.

수정궁 정원은 한마디로 말해 (궁전이 아니라) '아름다운 정원'이다. 넓은 정원 곳곳에 별도의 이름들을 단 작은 정원들이 있고, 작고 아름답고 고풍스러운 분수대들과 작은 연못들이 있으며, 그 곳에서 목욕을 즐기는 갈매기와 비둘기들이 있는 곳이다. 공원의 남쪽으로 내려가면 아마도 포르투에서 가장 아름다울 도루강의 풍경이 펼쳐진다. 대서양으로 마지막 숨을 고르며 흘러가는 도루강의 빛나는 윤슬, 그 위를 한가로이 떠가는 배들, 동 루이 다리와 유사한 구조의 거대한 다리들, 강 건너에 줄지어 서 있는 와이너리들과 예쁜 주황색 지붕의 집들이 도루강의 시원한 바람과 함께 펼쳐져 있다. 공원 안에는 산책을 즐기는 연인들, 소풍을 나온 가족들, 도루강을 내려다

수정궁 정원, 새들에게 모이를 주고 있는 사람

보며 분수대 옆 벤치에 앉아 책을 읽는 사람들을 흔히 볼 수 있는데, 이 세상에 평화라는 것이 있다면 바로 이런 것이지 싶다. 더 좋은 전망을 위해 강가의 작은 탑 꼭대기에 올라가니 한 쌍의 젊은 남성 동성애 커플과 세 쌍의 이성애 커플들이 포르투갈어로 무언가 유쾌한 농담들을 나누고 있다.

공원 여기저기엔 빨간 동백꽃이 피어 있고, 커다란 목련이 꽃을 한가득 피운 채 태양 아래 빛나고 있다. 이름 모를 키 작은 노란 꽃들도 여기저기서 도루 강바람에 흔들리고 있다. 재미있는 것은 이 공원의 동물 가족들이다. 공원 어디를 가나 집에서나 키울 닭, 그리고 비둘기, 갈매기, 청둥오리, 칠면조, 거위와 심지어 공작들을 만날 수 있다. 이들은 마치 배가 다르나 사이가 좋은 형제들처럼 함께 몰려다니는데 사람을 전혀 두려워하지 않는다. 어떤 사람이 먹이를 주자 색깔과 모양과 크기가 다른 이 가족들이 무슨 시장통처럼 모여 소란을 피운다. 가지고 온 먹이를 다 준 사람이 그 자리를 떠나자, 새들이 소리를 지르며 유치원생들처럼 그 사람을 마구 쫓아간다. 그 사람이 깔깔거리며 도망친다.

공원 안의 도서관 옆에 사람들이 많이 모여 있다. 다양한 악기를 가진 사람들이 군악대처럼 신나고 힘찬 음악을 연주한다. 그들 앞에 어떤 여성의 사진과 함께 "리브리LIVRE"라는 단어가 들어간 입간판이 세워져 있다. 마침 바로 옆에 명찰을 단 관계자가 있어서 물어보니 '리브리'라는 소수 정당의 집회 자리라 한다. 그리고 포르투갈어 'livre'는 영어로 'free'를 의미한다고 한다. 그의 설명에 의하면 현재 포르투갈 정부는 중도 좌파 사회주의 정권인데, 자신들도 중도 좌파이지만 정부보다는 약간 더 왼쪽으로 기운 입장이라고 한다. 분배 문제뿐만 아니라, 환경, 노동, 인종, 여성 문제 등의 해법에 있어서 약간 더 분명하게 좌파적인 실천이 필요하다고 한다. 그가 우리에게 뭐 하는 사람들이냐고 묻길래 '한국에서 온 시인 부부'라고 말했더니 엄지 손가락을 번쩍 쳐든다.

산책을 끝내고 공원을 나올 무렵, 우리 앞에서 무슨 축하의 메시지처럼 공작 한 마리가 날개를 활짝 편다. 신이 아니곤 만들 수 없는, 세상에서 가장 아름다운 부채가 제 기쁨을 이기지 못해 바르르 떨자, 작은 깃털들이 서로 부딪히며 바람 소리를 낸다. 감사하다.

돌아오는 길에 카르무 성당 앞 공원을 지나다 노천 와인 카페에서 최 시인은 블론드 색깔의 생맥주, 나는 레드 와인 한 잔. 집에 와 지난주에 사다 놓은 문어 다리와 감자를 오븐에 구워 저녁 식사. 다시 포트 와인 한 잔. 공저인 어떤 단행본의 한 꼭지를 쓰고 있는데 이러고 돌아다닌다. 대략 120매 분량의 이 원고가 끝나는 대로 '다른 포르투갈'을 만나러 또 떠나기로.

2024.01.28

41

한 달 사이에 기온이 영상 10도 후반에서 20도 사이로 오르니 겨울이라는 계절이 완전히 무색해졌다. 이제 거리에서 반팔, 반바지 차림의 사람들을 흔히 볼 수 있다. 마라톤 복장에 조깅을 즐기는 사람들도 점점 늘고 있다. 히베이라 광장엔 웃통을 아예 벗고 다니는 젊은이들도 여럿 보인다. 날씨가 푹 해진 만큼 거리의 버스커들도 그 숫자가 훨씬 더 늘어났다. 해 질 무렵 모루 정원에선 무언가에 많이 지쳐 보이는 노인 하나가 아무런 표정도 움직임도 없이 젊은이들이나 부를 비트가 매우 빠른 노래들을 자동 기계처럼 부르고 있다. 그 모습이 짠한 지, 젊은이들이 우르르 몰려가 동전을 내려놓는다. 가이아 지구 강변

139

에서도 60대 후반은 되어 보이는 장발의 노인이 검은색 통기타
를 연주하며 샹송을 부르고 있다. 다리를 건너 히베리아 광장으
로 오니 이번에는 깡마른 청년 댄서가 노천카페 앞에서 댄스 음
악을 틀어놓고 날듯이 춤을 추고 있다. 오늘따라 오랜 산책으
로 피곤해진 몸을 쉬어갈 겸 통째로 기름에 튀긴 새끼 오징어
요리와 한국의 대구전과 비슷한 생선 요리, 그리고 커다란 콩
이 섞인 밥이 함께 나오는 저녁을 맥주, 레드 와인과 함께 주
문. 식사를 하다 보니, 이제는 '옛날 노래'가 되어 버린 싸이의
〈강남 스타일〉이 스피커에서 터져 나오고 그에 맞추어 댄서가
춤을 춘다. 싸이와는 전혀 다른 포즈이다. 그의 마른 몸으로 바
람이 휙휙 관통해 지나가는 것 같다. 식사를 마친 후 언덕을 막
오르기 시작하니 댄서와 얼마 떨어지지 않은 길가에서 젊은
남녀가 버스킹을 하고 있다. 남자의 일렉트릭에 맞추어 여자가
보컬을 하는데, 나 같은 비전문가가 들어도 둘 다 상당한 수준
급이다. 최 시인과 내가 평소에 산책의 마지막 코스로 좋아하
는 플로레스 거리로 오니 카페들이 몰려 있는 작은 삼거리에
서 이번에는 큰 키에 검은 수염의 청년이 얼굴도 잘 보이지 않
는 어둠 속에서 노래를 부르고 있다. 에디트 피아프의 〈장밋빛
인생〉은 언제 들어도 슬프도록 좋다.

내 앞의 커다란 잉크병.
내 앞의 펜촉을 갈아 끼운 펜들.
가까이엔 아주 깨끗한 종이도 있지.

수정궁 정원에서 도루 강변을 내려다보며 책을 읽고 있는 사람들

내 왼쪽엔 한 권의 브리태니커 백과사전.

내 오른쪽엔 ―

아, 내 오른쪽엔

어제 내가 참지 못하고 편지개봉용 칼로

완전히 뜯어놓고 채 읽지도 못한

정말 재미있는 책.

빌건데 내가 만일 이 모든 것들에 초점을 부여할 수만 있다면!

페르난도 페소아, 오민석 역'

「반 시간 이상 나는 책상을 들여다보고 앉아 있네」 부분

일 따로, 놀이 따로. 일 밖에선 늘 ^{채플린처럼?} 우스꽝스럽고 멍청하며 실수투성이인 나를 아내는 '오플린'이라고 부른다. 내가 해온 일들, 새로 건드리는 일들, 그리고 먹고, 마시는 일들, 기도하는 일들, 하고 싶은 모든 일들에 "초점을 부여할 수만 있다면". 나는 며칠째 마감일을 앞둔 원고를 피해 딴짓을 하고 있다.

2024.01.29

42

포르투를 연필로 스케치하는 것엔 치명적인 한계가 있다. 연필로는 어떻게 그려도 포르투가 재현되지 않는다. 포르투는 색깔의 도시이기 때문이다. 포르투에선 심지어 폐가들에서도 깊고 아름다운 색깔이 우러난다. 파스텔톤이라고 일괄적으로 이야기할 수 없는, 그러나 분명한 것은 무언가 퇴색의 페이소

스 pathos를 깊게 가지고 있는 색깔이 포르투의 공간 전체에 스며들어 있다. 색깔을 내면서도 그것을 티 내지 않고 최대한 억제하는 태도라고나 할까, 그런 것이 포르투의 색깔이다. 그래서 포르투에선 낡은 것도, 새것도, 쓰러져 가는 것도, 이미 쓰러진 것도, 다 아름답다. 포르투의 아름다움은 성공과 실패, 성취와 패배, 과거와 현재, 현재와 미래 너머에, 그것들 모두에 공평하게 씌워져 있어서, 존재와 시간을 오랜 평균율平均率 위에 올려놓는다. 그리하여 포르투의 공간에서는 현재, 패배, 영광이 그 자체로 존재하지 않고, 과거, 성공, 치욕과 뒤섞여 있다. 과거 때문에 현재를 무시하지 않고, 영광만의 존속을 기대하지 않는 힘으로 포르투는 시간과 흥망성쇠를 견딘다.

자칭 '세계에서 가장 아름다운 책방'이라는 렐루 서점 Livraria Lello을 오늘에야 찾았다. 서점인데도 워낙 유명해서 예약하고 긴 줄을 서야 겨우 입장이 가능하다는 사실이 우리에게 지금까지 방문을 꺼리게 했다. 몇 차례 근처를 지날 때 보면 30분 단위로 책방 건너 인도에 수십 명, 때에 따라서는 백 명도 넘어 보이는 사람들이 길게 줄을 서 있곤 했다. 문을 여는 시간 오전 9시 30분에 맞추어 예약을 하고 갔지만, 책방은 들어가자마자 이내 도떼기시장이 되었다. 사람들은 책을 사거나 보기보다는 대부분 기념사진을 찍느라 난리였고, 사람이 너무 많아서 그것마저 매우 힘들 지경이었다. 1906년에 세워진 이 서점은 천장의 거대한 스테인드글라스, 2층으로 오르는 회전형의 붉은 색 계단,

143

렐루 서점의 내부

섬세한 조각이 가득 새겨진 난간, 책장, 천장의 화려한 분위기에다 베스트셀러 『해리포터』 마법학교의 모델이 되었다는 소문까지 겹쳐지면서 정말로 '세계에서 가장 유명한 서점' 중의 하나가 되었다. 입장료는 8유로인데, 책을 사면 그 금액만큼 차감을 해준다. 그러나 책 한 권에 티켓 한 장만 적용되기 때문에 일행들의 티켓을 합친 금액으로 책을 사는 것은 허용되지 않는다. 그러므로 입장료가 아까워 억지로 책을 구입 하려면 항상 추가 금액을 내야 한다. 직원들은 매우 친절해서 내가 현재 활동하고 있는 포르투갈 시인들의 시집에 관해 묻자 온 서가를 뒤져 서너 권의 시집들을 찾아다 주기도 했다. 그러나 이곳에서 판매되는 책 대부분은 포르투갈어 판본이어서 인터내셔널 고객들이 볼 수 있는 책들은 오래된 고전들 몇 권 외엔 거의 없다고 보면 맞다. 정말 입이 딱 벌어지게 할 정도로 아름다운 공간이지만, 좋은 책을 구매하는 장소로서는 현저하게 역부족이다. 심지어 페르난도 페소아의 시집도 두어 종류밖에 없었고, 그나마 영역본은 한 가지밖에 없었다. 주제 사라마구의 섹션이 별도로 있었지만, 거기에도 그의 소설이 여러 권 있을 뿐 우리가 찾던 사라마구의 시집은 포르투갈어로 된 것조차 없었다. 페소아와 동시대에 활동했으며 그가 자신의 "영혼의 쌍둥이"라 부른 포르투갈의 열정적인 페미니스트 시인 플로르벨라 이스팡카Florbela Espanca, 1894~1930의 시집을 최 시인의 요청으로 찾아보았지만, 이것 역시 포르투갈어 판본도 없다. 그러므로 책을 구하러 렐루 서점에 갔다가는 실망만 잔뜩 하고 올 확률이 높다. 물론 어떤 책을 원하냐도 문제겠지만, 그런 요구를 널리 충족하기엔 책방의 규모도 아주 작다. 이곳은 책이 아니라 책방 구경을 하러 가는 곳이다.

렐루 책방에서 나와 조금만 걸어 내려가면 작은 골목에 '베르트랑Livraria Bertrand'이라는 서점이 있는데, 이곳이야말로 오히려 조용히 책을 읽고 구매하기엔 훨씬 제격이다. 직원주인?도 영어에 능통하며 아주 착하고 친절하다. 이 서점의 본점은 리스본에 있는데, 무려 1732년에 개점했으며 기네스북에 기록된 '세계에서 가장 오래된 서점'이다. 여기에서 『시간 속의 포르투 Porto in tempus』라는 책을 샀다. 포르투의 과거와 현재가 사진과 함께 4개 국어로 자세히 설명되어 있다.

2024.01.30

43

요즘은 관광객들이 별로 다니지 않는 골목들로 자주 산책을 간다. 큰길에서 아무 골목이나 들어가 걷다 보면 우리가 이미 잘 알고 있는 거리나 장소로 어떻게든 연결이 된다. 상 벤투 역이나 포르투 성당을 기준으로 보면 포르투의 주요 포인트는 대부분 걸어서 다닐 수 있는 곳에 있다. 골목을 돌아다니다가 이미 알고 있는 장소를 목표로 걷다 보면 이내 그곳이 나타난다. 어느 골목을 가나 대낮에는 별로 치안의 문제가 없는 것 같다. 밤중에는 아무래도 인적이 드물므로 가능한 한 돌아다니지 않는다. 그러나 포르투에 한 달 이상을 살다 자연스레 알게 된 사실은 포르투의 어느 외진 골목에도 밤이면 커다란 가로등이 지나칠 정도로 환하게 켜져 있다는 사실이다. 아마도 범죄 예방을 위한 조치일 텐데, 덕분에 가끔 밤이 이슥해 어쩌다 골목을 잘못 들어가도 그리 무섭거나 위험스러워 보이지는 않는다. 물론 복불복의 사고는 전 세계 어느 곳에서나 있는 법이니 장담할 수는 없다.

한밤의 뒷골목

관광객들이 많이 다니지 않는 뒷골목에도 기념품점, 주점, 레스토랑, 이쁘고 아기자기한 수공예품을 파는 가게, 그림 가게, 가죽 공예점, 와인 숍 등이 뜸뜸이 있다. 대부분 현지인을 상대로 해서인지 이런 곳들에선 큰 거리의 가게들에 비해 물건의 가격이 훨씬 싸다. 어떤 레스토랑은 생선 요리와 고기 요리가 대부분 5.5유로에서 7.5유로 사이이다. 대로변 레스토랑에선 상상도 할 수 없는 가격이다. 게다가 가게 주인들이 대부분 착하고 소박하며 매우 친절해서 한 번 들어갔다 나오면 기분이 절로 좋아진다.

뒷골목엔 폐가들도 눈에 자주 띄고, 집들은 대로변의 집들보다 대부분 어둡고 칙칙해 쇠락의 기운이 역력하다. 폐가와 사람이 거주 중인 주택이 나란히 붙어 있는 풍경도 흔히 만난다. 발코니의 난간에 걸린 색색의 빨래들은 가난하고 고단한 생활의 풍경을 더해준다. 돌로 된 길바닥은 수백 년 지나다닌 사람들의 흔적으로 검다 못해 빤질빤질 윤기가 난다. 초점 잃은 눈빛에 술병을 든, 제멋대로 자란 수염의 매우 지쳐 보이는 노인들. 골목에서 때로 퀴퀴한 냄새가 코를 찌른다. 밤에만 문을 여는 파두 전문 주점도 있다. 골목 풍경을 찍고 있는데 청년 하나가 현관문을 열고 나와 담배에 불을 붙인다. 다른 손엔 흰색의 작은 에스프레소 잔이 들려 있다. 우리에게 잔을 들어 보이며 오늘 커피 마셨냐고 묻는다. 문득 저런 골목의 어느 다락방에서 누군가 매일 밤 흐린 등불 아래 시를 쓰고 있을 거라는 뜬금없는 생각.

산책을 마치고 돌아오는데 포르투 성당 앞 사거리가 소란하다. 정확히 숫자를 헤아릴 수 없으나 한눈에 보아도 엄청난 숫자이다. 나중에 온라인 뉴스로 확인을 해보니 거의 만 명에 가까운 사복 차림의 경찰들이 시위에 참여했다. 어쨌든 우리로서는 포르투에 와서 최대 인파가 한꺼번에 모여 있는 현장을 목격한 셈이다. 지난주에는 같은 이슈로 리스본의 국회 의사

당 앞에서 만 오천여 명의 경찰들이 시위를 했다고 한다. 오늘
의 드레스 코드는 청바지에 검은 상의인 것 같다. 멀리서 보면
사람들이 온통 검은색으로 보인다. 시위 참가 중인 한 경찰에
게 물어보니 열악한 노동환경의 개선과 위험수당을 비롯한 임
금 인상이 이들 시위의 주요 목표란다. 시위자들은 모두 11개
의 치안 경찰 노조와 1개의 패트롤 경찰 노조 소속이라고 한다.
전국에서 모였으며 자신도 무려 250킬로미터의 거리를 달려왔
다고 한다. 그가 현수막을 펴고 동료들과 포즈를 취하더니 내
게 사진 촬영을 부탁한다. 그들이 든 현수막엔 "그 멀리서 여기
까지… 포르탈레그리Portalegre 경찰도 참석"이라고 쓰여 있다. 나
와 얘기를 나눈 경찰의 영역을 우리말로 옮긴 것이다. 그들은
포르탈레그리라는 먼 지방에 근무하는 경찰들인 것이다. 시위
대를 따라 천천히 이동. 그들은 포르투 성당 앞에서 언덕을 올
라가 상 주앙 국립극장을 거쳐 포르투의 명동인 산타 카타리나

거리로 천천히 진입한다. 그들은 아마도 산타 카타리나 거리의 중간에서 좌회전해 언덕을 내려가 시청 앞 광장으로 행진한 후에 그곳에서 정리 집회를 하지 않을까 싶다. 그들과 헤어져 상주앙 국립극장 옆의 작은 골목을 따라 집으로 내려오니 이미 깊은 밤. 이제는 낯설지도 않은 포르투에서 또 하루가 간다.

2024.01.31

44

최 시인의 온라인 강의가 있어서 오전엔 카페에 가서 내내 태블릿으로 책 읽고 정리하기. 오늘은 그동안 다니던 집 앞 카페 대신 그 카페 바로 옆에 있는 4성급 호텔 안의 카페를 선택. 그래봐야 커피값은 2유로로 같다. 게다가 카페보다 호텔이 훨씬 쾌적하고 조용해서 집중하기에 좋다. 근 40일 이상 포르투에서 살아본 경험이 가져다준 정보와 지혜이다. 마르크스의 사상을 인물사와 잘 짬뽕해서 써야 하는 단행본공저 원고를 준비 중인데, 그럭저럭 잘 나가고 있다. 마르크스가 고등학교 졸업 심사용으로 낸 세 편의 에세이를 보면 유럽 애들이 얼마나 옛날부터 교육의 깊은 뿌리를 인문학에 두었는지 잘 알 수 있다. 수능이나 SAT도 아니고 종교, 역사, 철학 관련 에세이로 고등학교 졸업 심사를 하다니. 그런 곳에서 어떻게 세계적인 사상가들과 철학자들이 안 나오고 배길 수가 있나. 마르크스는 고딩 졸업용 에세이에서 『요한복음』 15장을 인용해 가며 "역사는 인류의 위대한 스승"이고, 그리스도를 통해 "인류의 선을 위한 자기 헌신"을 배워야 한다고 쓰고 있다.

점심을 먹고 나와 (지금까지 맨날 위에서 내려다보기만 하던) 도루강 위로 올라갔다. 히베이라 광장에서 배를 탄 것이다. 그 옛날 포도주 통을 실어 나르던 배들이 이제는 관광객을 실어 나른다. 포르투 성당에서 동 루이스 다리 쪽으로 가다가 다리를 건너기 직전에 왼쪽 골목으로 들어가면 히베이라 광장으로 내려가는 급경사 골목이 있다. 이 길로 가면 상 벤투역을 중심으로 한 포르투의 '윗동네'에서 강가의 히베이라 광장으로 가장 빨리 내려갈 수 있다. 언덕을 다 내려가면 동 루이스 다리의 북쪽 기둥을 만나게 되는데 거기에서 오른쪽으로 가면 바로 히베이라 광장이다. 히베이라 광장 쪽으로 바로 가지 않고 방향을 왼쪽으로 틀어서 정반대 방향으로 가면 동 루이 다리 위쪽으로 강변을 따라 상당히 긴 산책길이 펼쳐진다. 오늘은 시간 여유가 있어서 그 길로 한참 동안 산책을 하다가 거꾸로 돌아왔다. 히베이라 광장에 이르기 전에 강가에 작은 와인 바와 카페들, 그리고 허름한 숙소 등과 마주치게 되는데, 뭐가 되었든지 포르투에선 다 이쁜 것들밖에 없다. 히베이라 광장과 불과 200여 미터 떨어진 곳임에도 불구하고 이곳은 매우 한가하다. 손님이 주로 현지인들인지 지나가는 사람들과 앉아 있는 사람들이 수시로 인사를 주고 받는다. 최 시인과 강가의 노천 카페에서 포트 와인을 한 잔씩 마신다. 광장쪽에 비해 이쪽이 물가도 훨씬 싸서 3유로면 포트 와인을 골라서 마실 수 있다. 최 시인은 토니[Twany] 레드 포트 와인을 나는 화이트 스위트 포트 와인을 마신다. 포트 와인의 매력은 도수가 높으면서도 치명적인 그 단맛에 있는데, 내 미각에는 레드보다 화이트 포트 와인이 훨씬 더 매혹적이다.

히베이라 광장에 와서 일인당 18유로를 주고 크루즈 티켓을 끊으면 오래 기다리지 않고 배를 탈 수 있다. 배는 한 30명쯤 승선할 수 있는 규모인데 도루강 동쪽으로 올라갔다가 다시 서쪽으로 대서양을 만나는 지점까지 갔다가 히베이라 광장으로 되돌아온다. 시간은 대략 50분 정도 걸리는데 도루강을 가로 지르는 여섯 개의 다리를 지나간다. 강의 양쪽에서는 도저히 볼 수 없는 각도에서 늘씬하게 잘 빠진 다리들과 히베이라, 그리고 가이아 지구의 아름다운 풍경을 찍을 수 있다.

배를 타기 전에 강변 카페에서 생맥주 한 잔. 하선한 후에 기념품점에 들러 정말 예쁘고 세련된 아줄레주 컵 받침을 두 개 구입, 다시 플로레스 거리를 따라 올라오다가 키가 매우 크며 노래를 정말 잘하는 흑인 여성의 버스킹을 보고 들으며 또 맥주 한 잔. 다행히도 포르투에서 마시는 것들, 즉 맥주, 와인, 주스, 커피값은 어딜 가나 큰 부담 없이 싸다. 오늘은 지상에서 가장 느린 속도로 포르트를 유람. 이 모든 평화에 깊이 감사.

2024.02.01

45

기마랑이스^{Guimarães}는 포르투 북동쪽에 있는 인구 15만 정도의 작은 도시이다. 포르투의 상 벤투역에서 1~2시간 간격으로 직행열차가 있고, 대략 1시간 10~20분 정도 걸린다. 예약은 필요 없다. 지정 좌석도 없다. 양쪽이 종점이므로 누구나 앉아서 갔다가 앉아 올 수 있다. 상 벤투역에서 오후 12시 25분 기차를 타니 정확히 1시 41분에 기마랑이스역에 도착한다. 기차 삯도 편도 3.5유로이니 큰 부담이 없다. 돌아오는 막차도 밤 10시 넘어서까지 있으므로 왕복으로 끊을 필요도 없다. 도시가 크지 않으므로 오늘 우리처럼 늦게 떠나지 않으면 그냥 당일치기로 느긋하게 즐기다가 돌아오면 된다.

코임브라와 리스본을 포함하여 이번으로 세 번째 기차 여행. 세 곳이 모두 다른 곳이지만 차창 밖으로 보이는 풍경은 대체로 비슷하다. 포르투갈의 더 많은 곳에 더 다양한 풍경들이 있겠지만, 적어도 위 세 곳을 지나며 본 포르투갈의 풍경은 아름답다기보다는 대체로 황량하고 칙칙하다. 더 주관적으로 말하면, 좀 우울하기까지 하다. 어딜 가나 매우 낡은 집들과 폐가들이 여기저기 눈에 띈다. 길가나 주택가, 기찻길 옆, 아무 곳에서나 자라고 있는 레몬 나무와 오렌지 나무들이 없다면 이 황량한 풍경은 도무지 회복 불가능해 보인다. 나무 가득 매달린 노란 레몬과 주황색 오렌지들은 어두운 초록의 풍경 속에서 마치 보석처럼 빛난다. 그것은 포르투갈의 어둠을 일정 수준

기마랑이스 역사 지구

이상은 절대 허락하지 않겠다는 고집처럼 생의 의지로 반짝이며 슬픔과 어둠을 몰아낸다.

기마랑이스는 흔히 "요람의 도시the cradle city" 혹은 "포르투갈의 탄생지"로 불린다. 포르투갈의 1대 왕인 알폰소 힌리키스Alfonso Henriques가 이곳에서 태어났고 여기에서 세례를 받았다. 늦게 가는 바람에 다 보진 못했지만, 기마랑이스의 한 오래된 성벽엔 "Aqui nasceu Portugal포르투갈이 이곳에서 태어났다"라는 문장이 새겨져 있다고 한다. 포르투갈의 오랜 고향답게 대략 반경 1~2킬로미터 정도 되는 기마랑이스의 역사 지구를 가보면 포르투나 리스본보다도 훨씬 더 고풍스럽고 중세적인 분위기가 아주 매력적이다. 역사 지구의 중심이라 할 올리베이라Oliveira 광장에 들어설 때는 너무나 아름다운 광경에 탄성이 절로 나왔다. 최 시인은 내게 귓속말로 '비명을 지르고 싶을 정도'라 말한다. 그도 그럴 것이 기마랑이스는 *Condé Nast Traveler*라는 권위 있는 여행 잡지에서 2022년에 "유럽에서 가장 아름다운 소도시"로 선정되었다고 한다.

기마랑이스를 효과적으로 보는 방법 한 가지. 기마랑이스 역에서 내려 볼트나 우버 택시를 불러 기마랑이스 시의 가장 높은 곳에 있는 페냐 성소^{Penha Sanctuary}로 올라간다. 약 15분 정도 걸리는데, 서울의 북악스카이웨이보다 경사가 심한 드라이브 코스라 생각하면 된다. 택시비도 크게 비싸지 않다. 볼트는 10.5유로여서, 4.8유로인 우버를 선택. 정상에 있는

기마랑이스 역사 지구의 거리 풍경

작은 예배당과 성당도 매우 인상적이지만, 이곳은 기마랑이스 최고의 전망대라 생각하면 된다. 기마랑이스 전체가 시원하게 내려다보인다. 역사 지구의 규모는 작지만, 위에서 내려다보면 기마랑이스 시 전체의 규모는 나름 상당히 크다. 내려올 때는 성당 바로 아래에 있는 케이블카를 이용하면 좋다. 케이블카에서 내리면 걸어서 도착할 수 있을 정도의 가까운 거리에 기마랑이스 역사 지구가 있으므로 이제 천천히 산책하며 본격적인

브라질 광장의 성당, 기마랑이스

구경을 하면 된다. 이게 아니면 기마라이스역이나 버스 터미널에서 역사 지구까지 바로 와도 되는데, 그 거리는 대략 1킬로미터 정도 된다. 기마랑이스의 볼거리는 모두 이 역사 지구에 모여 있으므로 한나절이면 충분히 구경을 할 수 있다. 우리는 당일치기로 왔지만, 너무 늦게 와서 조금 시간에 쫓긴 관계로 가까운 시일 내에 다시 방문하기로. 오가며 기차 안에서 태블릿으로 책 읽기는 보너스.

2024.02.02

46

북미나 유럽의 많은 도시에서도 그렇지만 포르투에도 그라피티graffiti가 극성이다. 폐가나 무너진 벽이나 담뿐만 아니라 기차의 외벽, 지하철역과 전철 차량, 멀쩡한 집의 대문, 상점의 셔터, 도로의 분리대, 교각 등 어디에서나 그라피티를 볼 수 있다. 검열이 덜한 시 외곽으로 나가면 더 심해지는데, 가뜩이나 지저분하고 꾀죄죄한 구역들은 그라피티 때문에 더욱 초라해지고 게토화된다.

그라피티는 때로 정치적 해방의 통로 역할을 하기도 한다. 그라피티가 자유와 해방의 아우라를 풍기는 이유는 그것이 스스로 불법을 자초하며 금기를 뛰어넘기 때문이다. 그래서 여러 나라의 기관들은 대체로 그라피티를 반달리즘vandalism으로 간주하며 골머리를 썩는다. 가령, 경찰차 문짝에 스프레이 페

157

인트로 걸겨놓은 아나키즘의 상징 그라피티는 그 자체 시스템에 대한 엄청난 도전이자 모욕이다. 『옥스포드 영어사전』은 그라피티라는 단어가 1845년 이후부터 "고고학적 맥락에서, 벽이나 다른 표면에 긁거나 새겨넣은 그림이나 글자"의 뜻으로 사용되었으며, 1954년 이후부터는 "공공장소에서 벽이나 다른 표면에 흔히 불법적으로 그리거나, 쓰거나, 긁거나, 스프레이로 뿌려놓은 단어들 혹은 이미지들"의 뜻으로 사용되었다고 설명한다. 이렇게 되면 그라피티의 역사는 고대 이집트와 그리스, 로마시대까지 거슬러 올라갔다가 현재 우리가 알고 있는 그라피티 개념으로 다시 이어져 내려온다. 68혁명 당시에 시위자들은 파리 시내를 온갖 형태의 그라피티와 정치적 구호들로 도배하였다. 그들이 파리의 "벽이나 다른 표면"에 써 갈긴 "지루함이야말로 반底혁명적인 것이다", "금지함을 금지하라", "혁명을 생각할 때 섹스가 떠오른다"와 같은 문장들도 모두 그라피티의 일종이다. 그라피티가 사회적 혹은 정치적 기능을 하는 것은 오로지 그것이 공중에게 노출된 상태에서 특정한 메시지를 담고 있고 그 메시지의 해독이 가능할 때이다.

그러나 주로 스프레이 페인트로 이루어지는 요즘의 그라피티는 도무지 내용을 알 수 없는 기호들인 경우가 대부분이다. 그라피티 예술가들이 통상 '태그蜽'라 부르는 것들의 대부분은 이름이나 이니셜 혹은 로고들에 불과하다. 그것들은 당사자들 혹은 폐쇄적인 특정 집단 내부에서만 통용되는 기호들이므로 그것의 의미를 모르는 사람들에겐 그저 알 수 없는 형태와 색깔일 뿐이다. 갱스터들이 영역 표시로 사용하는 그라피티 역시 마찬가지이다. 한국에서도 명산이나 명승지의 바위 등에 사람들이 제 이름이나 이니셜을 새겨놓은 경우를 가끔 볼 수 있는데, 이것 역시 자기 혼자만 아는 그라피티 '태그'이다.

포르투 전역, 심지어 포르투 교외 지역에서도 수많은 그라피티를 볼 수 있다. 눈을 뜨고 있는 한 보기 싫어도 그것들을 봐야 한다. 그러나 그것들은 정작 그것을 보는 사람들에게는 굳게 입을 다물고 있다. 굳이 형태와 색깔 자체의 미학을 주장한다면 보고 싶은 사람들만 볼 수 있도록 갤러리로 가면 된다. 왜 공공장소에 그것을 그려놓는가. 복면하고 입을 다문 기호들이 왜 공공장소에 필요한가. 제발 입을 열어 말을 하라.

2024.02.03

47

포르투에 미쳐서 중요한 일 하나를 놓치고 있다. 그것은 다름 아닌 음주 가무. 짐 무게 때문에 김치를 포기하고까지 한국에서 가져온 팩소주 수십 병이 냉장고에서 거의 질식사하고 있는 중. 어제는 모처럼 집에서 소주 한잔하다가 사레까지 들렸다. 한국에서는 평소에 거의 손도 대지 않던 와인 맛에 빠져 소주가 어느새 어색한 술이 되어 버린 것이다. 잘못하면 애써 가져온 소주를 다시 한국으로 고스란히 가져가야 할 판. 그래

코스타노바의 줄무늬 집

코스타노바의 줄무늬 집들

아베이루의 운하와 몰리세이루(Moliceiro)라 불리는 배들

도 어제 마지막 한 잔을 털어 넣을 때, '바로 이거지'라는 깊은
탄식이 슬쩍 나오는 것을 보면, 나의 변함없는 애인은 여전히
소주다.

오늘은 상 벤투역에서 기차를 타고 아베이루Aveiro와 코스
타노바Costa Nova를 다녀옴. 포르투에서 아베이루까지는 남서 방
향으로 약 1시간 20분 정도 걸리는데, 중간에 갈아타는 일이

없이 바로 가서 편하다. 다만 이 기차는 (정확히 말하면) 경전철이어서 지정 좌석도 없고 현지인 승객들로 많이 붐빈다. 그러므로 아늑하고 조용한 기차 여행을 기대하면 안 된다. 대신에 현지인들로 북적대는 현장을 몸소 느낄 수 있다. 내가 판단하기에 포르투갈의 전철 내부는 한국의 그것보다 조금 더 시끄럽다. (오래전의) 한국과 비슷한 점은 젊은이들이나 중장년 승객들이 노인들이 타면 선뜻 일어나 자리를 양보한다는 것. 아시안이 거의 없어서인지 승객들이 우리를 자꾸 힐끗힐끗 쳐다본다.

아베이루역에 내리면 거기서 약 10킬로미터 정도 떨어진 코스타노바로 바로 이동하는 것이 좋다. 포르투로 돌아오려면 어차피 아베이루로 다시 와야 하니까 코스타노바를 구경하고 나서 돌아오는 길에 느긋하게 아베이루를 둘러보면 되기 때문이다. 아베이루에서 코스타노바를 가려면 아베이루역 건너편 버스 터미널에서 버스를 타거나 아니면 우버나 볼트로 택시를 불러 타고 가면 된다. 교통비는 둘 다 큰 부담이 되지 않는다. 전자가 일 인당 2.5유로, 후자가 차 한 대당 대충 8유로 정도이므로 두 명 이상이 이동할 때는 택시가 훨씬 편리하다. 버스처럼 시간을 맞추지 않고 바로 이동할 수 있으므로 시간도 훨씬 절약된다. 상 벤투역에서 아베이루역까지의 기차 삯도 3.8유로에 지나지 않는다. 포르투갈에서 지내다 보면 이와 같은 '생활 물가'가 상당히 저렴해서 참 기분이 좋다. 아베이루역 지하 1층의 카페에서는 아메리카노 커피 한 잔 값이 1유로밖에 하지 않

포르투갈 어디에 가나 1~2유로면 맛있게 먹을 수 있는 나타(에그타르트)와 커피

왔다. 엊그제 기마랑이스의 꽤 멋진 노천카페에서도 에그 타르트 여기에서는 나타라 부른다 2개와 아메리카노 커피 두 잔이 총 4유로밖에 하지 않아서 깜짝 놀랐다. 그러므로 우리 집 앞 호텔에서 아메리카노 한 잔 값이 2유로인 것은 (속으로는 이것도 엄청 싸다고 생각했는데) 사실은 일반 물가의 두 배 가격인 셈이다.

먼저 도착한 코스타노바는 한국의 블로거들이 보통 포르투 인근의 '한적한 작은 어촌' 정도로 소개하고 있는데, 내가 보기에는 그렇지 않다. 이곳은 현지에서도 상당히 아름답고 고급스러운 편의 휴양지라고 보는 게 옳을 것 같다. 관광객들이 몰리는 코스타노바 핵심 지구는 고운 모래사장이 끝이 보이지 않을 정도로 펼쳐진 대서양과 거대한 아베이루 석호瀉湖, Aveiro Lagoon 사이에 끼어 있어서, 휴양지로서는 완벽한 조건을 갖추고 있다. 눈을 들면 햇빛을 환하게 받으며 정박 중인 요트들, 자전

163

거를 타거나 강아지들을 데리고 호숫가를 한가롭게 산책하는 주민들, 잔디밭에서 피크닉을 즐기는 사람들밖에 보이지 않는다. 해안의 모래는 눈처럼 곱고 해안을 따라 나무로 만든 산책로가 눈에 보이지 않도록 길게 이어져 있다. 엄청나게 넓은 백사장은 육지 쪽으로 아름다운 사구沙丘들을 무슨 병풍처럼 두르고 있다.

코스타노바의 집들은 다양한 색깔의 직선 줄무늬로 유명한데, 바다와 호수 사이에 끼어 있어서 안개가 자주 끼며 그 옛날 어부들이 어획을 마치고 집으로 돌아올 때 쉽게 자기 집을 찾을 수 있도록 그런 무늬로 집을 장식했다고 한다. 포르투나기마랑이스가 수백 년의 역사를 가진 유서 깊은 도시라면, 이곳은 복잡한 서사로부터 해방된, 상대적으로 '밝고 환한 빛의 마을'이다. 대서양의 거대한 파도 위로 쏟아지는 강렬한 햇살은 그 자체로 마음을 밝게 해준다. 기분 전환을 하거나 휴양하기엔 정말 제격이다. 그러기에 19세기부터 관료들이나 예술가들이 저마다 다른 이유휴양과 창작을 위해로 많이 몰려들었다고 한다.

코스타노바에서 택시를 타고 다시 아베이루로 돌아오니 이곳은 듣던 대로 '운하의 도시'이다. 사람들은 아베이루를 '포르투갈의 베네치아'라고 부르기도 하는데, 그러기에는 이곳 운하의 크기가 너무 작다. 그래도 베네치아의 곤돌라 대신 몰리세이루Moliceiro라는 전통 배를 타고 이곳의 운하를 둘러볼 수 있는데, 몰리세이루는 원래 비료 제조을 위한 수초 채취와 염전의 소금 운반용 배였다고 한다. 1인당 13유로를 내면 화려한 원색의 이 아름다운 배를 타고 약 45분 정도 운하를 지나며 아베이루의 전경을 감상할 수 있다. 운하 너머에는 그리 크지 않은 염전과 소금창고도 보인다. 배에서 내려 '포럼Forum'이라는 독특한 이름의 쇼핑몰을 둘러보거나 포르투갈 특유의 아름다운 거리를 산책하다 보면 포르투에서 아침 늦게 떠나온 하루가 천천히 마무리된다. 아베이루에서 포르투 상 벤투역까지는 밤 열한 시가 넘을 때까지 막차가 있다. 포르투에서 이곳으로 느긋한 당일치기 여행을 얼마든지 다녀올 수 있다.

이제 그림을 그리기 전에 연필을 어떻게 움직이면 어떤 효과가 나올지 조금은 예측할 수 있다. 대책 없이 막막한 마음으로 드로잉을 할 때와는 조금 달라졌다. 인생은 왜 이렇게 짧은가.

2024.02.04

48

도루강의 남쪽히베이라 광장 건너편 가이아 지구엔 무려 20여 개의 세계적인 유명 브랜드 와인 셀러cellar가 몰려 있다. 이곳 사람들은 '셀러' 대신에 '토굴cave'이라는 용어를 사용하기도 한다. 가이아 지구는 히베이라 광장에서 동 루이 다리만 건너면 금방 도착하므로 보통 히베리아를 구경할 때 함께 둘러보게 된다.

도루강 풍경

도루 강가로 내려가는 길

포르트를 대표하는 와인은 소위 '포트 와인port wine'이라는 것인데, 이름에서 알 수 있듯이 '항구'를 의미하는 포르투갈 지역명 포르투Porto의 영어식 표현이다. 백년전쟁1337~1453에서 패배한 영국이 프랑스 보르도 지역의 포도주를 확보하기 어려워지자 포르투갈의 북서부인 포르트 지역으로 눈을 돌린 것이 포트 와인 생산의 계기가 되었다고 한다. 영국까지 포도주를 운반하는 동안 포도주가 너무 발효되어 식초가 되어 버리는 것을 막기 위해, 발효 중간에 브랜디를 섞어 발효를 강제로 중단해서

페헤이라 와이너리 케이브

페헤이라 와이너리의 거대한 포도주 통

만들기 시작한 것이 포트 와인의 유래이다. 여기에서 말하는 브랜디란 상업화된 리커가 아니라 알콜 도수가 아주 높은 포도주정을 의미한다. 그러므로 포트 와인은 일종의 '주정 강화 와인fortified wine' 이다. 이런 독특한 제조 방식 덕분에 포트 와인은 일반 와인에 비해 훨씬 더 농축된 단맛이 강하고 알콜 도수가 높은 것으로 유명하다. 포트 와인의 알콜 도수는 보통 20도한국의 '빨간 딱지' 소주와 비슷인데, 술이 약한 사람은 한두 잔만 마셔도 얼큰하게 술기운이 올라온다. 나처럼 포도주를 잘 알지 못하는 사람도 금방 그것에 매료되는 것은 아마도 그것의 독특한 단맛 때문인 것 같다. 페르난도 페소아의 말대로 와인이 "병 속에 담긴 시bottled poetry"라면, 내게 그것은 정확히 포트 와인을 의미한다. 시가 매혹의 언어라면 포트 와인은 매혹의 물방울이다. 포트 와인 때문에 무려 한 달 반 동안 조강지처 같은 소주를 잊고 지냈으니 말해 무엇하랴.

가이아 지구의 수많은 와인 셀러 중에서 오늘 우리가 방문한 곳은 페헤이라Ferreira. 1751년에 문을 연 이곳의 투어 역시 일반적인 와이너리 투어의 정석을 따라 와인의 제조 과정, 와이너리의 역사 등에 관한 설명을 듣고, 와인을 숙성하고 보관하는 셀러 등을 구경한 후에 와인 시음을 하는 것으로 진행된다. 대략 50분 정도의 코스가 끝나고 화이트, 루비, 레드, 세 종류의 포트 와인을 시음하는데, (비밀이 있다면) 술이 약할수록 더 아름답게 취할 수 있다는 것. 와인의 토굴을 나오니 그새 해가 져서 도루강의 노을이 붉다.

"인생은 아무것도 아니므로, 내게 와인을 좀 더 주게." 페르난도 페소아의 시 「그래, 질병보다 더 심한 질병이 있지」에서

2024.02.05

168

49

포르투에 와서 벌써 한 달 이십 일. 머리가 많이 길었다. 삼색 표시등이 빙빙 돌아가는 이발소가 여기저기 있는 것으로 미루어 이곳에선 남성들의 여성 미용실 사용 빈도가 한국보다 적은 것 같다. 물론 추정에 불과하다. 간단한 커트만을 기준으로 보면 이발료도 업소에 따라 편차가 심하다. 이발소 유리창에 대부분 이발료를 써놓아서 특별히 주의를 기울이지 않아도 이발 물가가 눈에 들어온다. 우리 집 앞의 방글라데시 이민자가 하는 이발소에선 커트료가 6유로에 불과하다. 그래서인지 밤 늦게까지 사람들로 미어터진다. 내가 본 이발소 중에서는 가장 저렴한 곳이다. 내가 본 것 중에 가장 비싼 곳은 렐루 서점 건너편에 있는 '늙은 잭의 이발소Velho Jack Barbershop'이다. 고전적인 디자인의 육중한 자주색 파사드를 자랑하는 이곳에서 커트를 하려면 최소 20유로 이상을 내야 한다. 수염까지 깎으면 30유로는 기본이다.

오늘은 아시안 마트 '첸Chen'에서 장을 보는 날. 산타 카타리나 거리를 거의 다 지나 왼쪽으로 언덕길을 쭉 내려가다 보면 중간에 첸이 있는데, 도착 직전 길가에서 우연히 '산티아고'라는 이름의 이발소를 발견. 커트만 할 경우엔 10유로라고 문간에 써 있다. 가격도 적절하고 다행히 손님이 한 명도 없이 한가해 망설이지 않고 얼른 들어감. 이발사는 70 중반은 훨씬 더 들어 보이는 할아버지이고, 작은 요크셔테리아 강아지 두 마리가 앙칼지게 짖어대면서도 연신 꼬리를 흔들며 반긴다. 나는 포르투갈어를 모르고 이발사는 영어를 하질 못해서 스마트폰 번역기로 겨우 소통. "지금 이대로 조금 짧게 깎아 주세요."라고 주문하니, 가위보다는 주로 크고 작은 두 개의 기계식 바리캉을 사용하여 머리를 깎는다. 이발 도중에 강아지 한 마리가 내 허벅지로 기어올라 배 위에 자리를 잡고 이발이 끝날 때까지 내려가지 않는다. 이런 자세로 이발하기는 태어나서 처음. 할아버지 이발사는 급할 것 하나 없는지 머리를 깎다가 핸드폰을 만지작거리며 누군가와 통화를 하기도 하고, 강아지들에게 뭐라고 말을 걸기도 하며, 다른 바리캉을 찾으러 여기저기 한참을 뒤지고 다닌다. 모든 게 더디고 더디다. 그러다 어느 순간 할아버지가 갑자기 내 머리를 가리키며 "따봉?"하고 동의를 구한다. 드디어 이발이 끝났다보다. 얼떨결에 나도 엄지를 치켜들고 '따봉'으로 답례. 생이 갑자기 엄청 느긋해지고 유쾌해진다. 원칙과 능률과 생산성만이 전부가 아니다. 그런 것들을 좀 놓치더라도 시간의 여울물이 삶의 작은 바위들을 천천히 돌며 흐르는 것을 느끼며 살기.

어제는 포르투를 소재로 무려 열 편의 디카시를 썼다. 한번 시작하니 무슨 물꼬가 터진 것처럼 자꾸 쏟아져 나온다. 매일 연필 드로잉을 하고 산문을 쓰면서 포르투의 미세한 살결과 마주쳐서일까. 나도 모르게 준비된 언어와 이미지들이 마구 터져 나온다. 오늘 아침에도 일어나 밥 먹기 전까지 여섯 편의 디카시를 썼다. '무이토 오브리가도, 포르투Muito obrigado, Porto!'

2024.02.06

50

산책할 시간에도 최 시인이 부득이 일해야 할 땐, 가끔 혼자서 나간다. 그래봐야 혼자 산책할 때는 집 앞의 포르투 성당과 바로 옆의 동 루이 다리 정도를 어슬렁거리는 것이 고작이다. 그런데도 24시간을 항상 붙어 있다 보니 그 짧은 별리의 시간엔 독특한 감성의 흐름이 여지없이 생겨난다. 그것은 약간의 우울과 쓸쓸함을 동반하는 데, 모든 혼자만의 시간이 주는 유익의 다른 면이기도 하다. 말하자면 정신적 사치에 가까운 멜랑콜리 안에서 나는 비로소 완전히 혼자가 되는 것이다. 그리하여 방금 집을 나오기 전 나눈 대화조차 순식간에 객관화되며 나는 내가 아닌 다른 사람과의 관계와 그 관계를 대하는 태도에 대한 반성적 사유를 (마치 번개처럼) 하게 된다. 이런 혼자됨의 유익과 건강을 위해서라도 때로 자기만의 공간, 혼자만의 시간이 필요하다.

한 2주 이상 맑은 날이 계속되더니 오늘부터 다시 겨울 우기가 시작되는 것 같다. 일기 예보를 보면 앞으로 일주일 내내 비가 올 예정이다. 그 전조라도 되는 듯 포르투 성당 광장엔 찌뿌둥한 구름의 주둥이가 내려와 있고 한기를 담은 바람이 분다. 성당 담장 아래로 내려다보이는 도루강의 풍경도 온통 뿌옇다. 심술궂은 구름이 땅바닥까지 내려온 느낌이다. 이런 일기는 나의 사치스러운 우울과 쓸쓸함과 멜랑콜리를 재촉하는데, 여기에 한몫 더하는 것이 광장의 뮤지션들이다. 성당 입

포르투 성당 광장의 첼리스트

구엔 시종일관 진지하고 우울한 곡을 연주하는 첼리스트가 있다. 그는 검은 첼로를 슬픈 날의 애인처럼 안고 있는데, 그에게선 원인을 알 수 없는, 어떤 도도한 고통 같은 것이 느껴진다. 광장의 제일 안쪽에선 장발의 곱슬머리에 까다롭고 예민하게 생긴 청년이 어쿠스틱 기타를 연주하며 노래를 부르고 있다. 날씨 때문인지 그의 노래도 무겁고 우울하다. 저 청년은 지금 노래를 부르며 (짐작컨대) 청춘의 가파른 언덕을 넘고 있고, 저 나이의 나는 문학과 사회과학을 하며 언제 끝날지 모를 비탈을 지났다. 누구에게나 치열한 삶의 순간이 있고, 다른 사람에게서 그것을 느낄 때 잠시이지만 그에게 신뢰가 간다. 주관적인 인상이겠지만, 지금 내 앞의 청년이 그렇다.

산책에서 돌아와 점심으로 어제 사 온 소고기를 굽는데 이상한 일이 벌어지고 있다. 살 때부터 고기가 소고기 특유의 붉은 색깔이 아니어서 이상하다고 했는데 결국 사달이 나고 말았다. 구울수록 고기 색깔이 검붉어지기는커녕 닭가슴살처럼 점점 더 하얘지고 있다. 참고로 포르투갈의 모든 공산품엔 영어가 거의 들어가 있지 않다. 또한 국제적인 관광지인데도 포르투 지역 대부분의 레스토랑은 메뉴에 영어를 잘 병기하지 않는다. 어쩌다 메뉴에 영어가 나오면 반가울 지경이다. 이곳엔 영어에 대한 어떤 보편화된 강제와 주눅 의식이 없다.

어제 마트에서 산 고기의 포장엔 분명히 "BIFE DE PERU"라고 적혀 있었다. 매장에서 핸드폰 앱으로 포르투갈어 "BIFE"를 영어로 옮겨보니 (짐작대로) "BEEF"라고 떴다. 그러니 "BIFE DE PERU"는 당연히 "페루산 소고기"여야 옳았다. 게다가 바로 아래에는 A++라는 (우리에게는 친숙한) 등급 표시까지 있다. 달군 프라이팬에서 이상하게도 고기가 점점 하얗게 변하는 것을 보고 내 얼굴도 점점 더 하얗게 질려가며 이번에는 "BIFE DE PERU" 전체를 번역기로 돌려보았다. 아뿔싸, 이것은 소고기가 아니라 "칠면조 스테이크"였다. 포르투갈어로 "PERU"는 남미의 먼 나라 '페루'가 아니라 새 같지도 않은 새 '칠면조'였던 것. 시인에게 이 갑작스러운 문맹의 비애라니. 자고로 사람은 배워야 한다.

2024.02.07

51

본격적인 겨울 우기가 시작되었나 보다. 바람은 밤새 지붕과 창문을 두드려 자신의 존재를 알리려 했는데, 그게 성공인 이유는 우리가 그의 방문을 무례한 사람의 거친 노크 소리

173

로 착각했기 때문이다. 창문엔 대청소하듯 빗물이 흐르고, 흐린 창밖으로 건너편 호텔 문 앞에서 비를 피하려다 우산이 뒤집혀 난감해하는 백인 노부부가 보인다. 이런 날은 아무 말 않고, 아무것도 계획하지 않고 그냥 칩거하는 것이 좋을 듯. 밖이 소란스러울수록 내부는 더 안온해지는 법. 나는 마치 이곳에 오래 산 사람처럼 갑자기 찾아온 평온을 즐긴다. 커피를 내리고, 조용히 앉아 디카시를 다섯 편이나 썼다. 무엇보다 사진의 피사체가 좋으니 반은 먹고 들어가는 느낌. 왜 여기에서 찍은 사진들이 혼자 보기에는 아깝다는 생각을 진작 못 했을까. 사진집을 내거나 사진전을 할 깜냥도 아닌데, 사진을 이용한 디카시를 쓸 생각을 왜 못했을까. 최 시인이 포르투를 주제로 디카시를 쓸 때도 나는 무릇 강 건너 불구경하듯 했다. 그러나 무심코 셔터를 눌러 핸드폰 안에 저장된 사진들을 하나하나 들여다보고 있으면, 무슨 샘물처럼 이야기가 슬슬 흘러나오기 시작했다. 그리고 그 이야기는 먼 남의 나라 이야기가 아니라 보편적인 기쁨과 아픔과 평화와 고난과 기다림에 관한 것. 나는 이참에 그림으로, 사진으로, 산문으로, 디카시로 포르투를 동여매고 있는 셈이다. 며칠 사이에 시집 반 권 분량의 디카시가 쌓였다. 이곳이 아니면 도저히 보거나 찍을 수 없는 사진을 사용하되 누구나 공감할 수 있는 문자 기호를 접합하는 것이 나의 임무이다. 몸이 지쳐 꺼지도록 시를 쓰고 나면, 폐인 같은 희열이 몰려온다.

2024.02.08(포르투)

52

길가에서 행색이 남루한 중년 남자가 매우 정중하게 세련된 영어로 구걸을 한다. 심하게 풀어진 눈이 알콜 중독 아니면 마약 중독 상태인 것으로 보인다. 한 지역에 오래 거주하다 보니 이제는 우연히 반복해서 만나는 사람들이나 그들의 행동들이 감지된다. 가령 홈리스 느낌을 주는 어떤 남성은 우리 집 앞에서도 주변의 다른 골목길에서도 자주 마주쳐서 우리는 이제 그를 쉽게 알아볼 수 있다. 한번은 집에서 상 벤투역으로 내려가는 길모퉁이에 트렁크를 연 조그만 봉고차가 서 있고 거기에 우리가 자주 마주치는 그 사람과 또 다른 홈리스로 보이는 사람들이 여럿 모여 웅성거리고 있는 것을 보았다. 그 후에도 저녁 무렵에 몇 차례 이런 광경을 반복해 목격하면서, 그것이 혹시 앵벌이와 같은 어떤 집단적인 조직의 미팅이 아닌가 하는 막연한 의구심이 들었다. 그러나 어느 날 바로 그 곁을 지나다 보니 그 흰 봉고차는 SAOM이라는 단체의 차였고, 그것은 얼핏 보아도 불쌍한 사람들을 돕는 사회 단체 같았다. 그런데 오늘 우연히 포르투갈의 마약 단속에 관한 기사를 보면서, 매일 저녁 무렵 그 차 근처에 모이는 사람들이 다름아닌 마약 중독자들이며, 내가 저녁 무렵 자주 목격했던 장면은 정부 지원금을 받는 NGO인 SAOM이 "마약 중독자들에게 메타돈^{마약 중독 치료용으로 사용되는 진통제}, 약, 주사기, 마약용 도구, 콘돔, 소독용 물티슈 등을 배포하고" 있는 장면임을 알게 되었다. 놀랍게도 온라인 기사『워싱턴 포스트』, 2023.7 에 나와 있는 사진이 내가 집 앞에서 자주 목격하

던 바로 그 자리의 그 봉고차였고 그 사람들의 현장 사진이었
던 것이다.

유럽이나 북미의 '생활 진보'들은 한국의 '정치 진보'들과
는 상당히 다르다. 그들은 여전히 좌파이지만 혁명이 좌절된
자리에서 진보적 방식의 '생활'을 적극적으로 실천한다. 가령
LGBT 차별, 낙태자 차별, 인종차별, 성차별, 종교 차별 등 온갖
종류의 차별을 그들은 반대한다. 그들이 볼 때 모든 차이는 생
득적인 것이 아니라 '사회적인 구성물social construction'이다. 만일
그들에게 문제가 있는 것처럼 보인다면 그것은 그들 자신이
아니라 그들을 '문제'로 만드는 사회 구조의 문제라는 것이다.
그러므로 그들은 인종이든, 성적 성향이든, 비만이든, 낙태 문
제이든, 개인의 주권적 선택의 문제를 사회적 비난의 대상으로
삼아서는 안 된다고 본다. 이 모든 것의 근저에 최근의 '대문자
사회 정의Social Justice 운동'을 이끄는 실천적 포스트모더니즘 사상
이 깔려 있다. 그들은 동일성의 원리가 세계를 지배하는 것에
반대한다. 날씬한 몸매가 좋다고 해서 누구에게나 그럼 몸매
를 강요해서는 안 되며 그것도 모자라 비만을 '비정상'으로 간
주하면 안 된다. 코로나가 한참 극성일 때에도 그들은 우리나
라 국민이 일사불란하게 동일성의 원리에 따라 공공 장소에서
의 마스크 착용, 발병 신고와 환자 격리 등 국가가 하라는 대로
철저하게 소위 'K-방역'의 수칙을 따랐던 것과는 상당히 다른
태도를 보였다. 다수의 진보적 북미나 유럽인들이 볼 땐, 어떤

이유로든 국가가 개인에게 마스크를 강제로 착용하라는 '동일성의 명령'을 내려서는 안 된다. 마스크를 쓰고 안 쓰고는 궁극적으로 개인의 주권적 선택의 문제라는 것이다. 그래서 당시에 북미와 유럽의 여러 대도시에서 마스크 강제 착용 반대 시위가 일어났고, 반대로 초경계 상태에서 군대처럼 단결된 태도를 보여주었던 우리나라 사람들이 그들의 그런 태도에 대하여 (진보조차도 사실은 매우) 혼란스러워하던 일이 기억난다. 그들의 이런 태도에서 한 번 호되게 겪은 파시즘의 추억에 대한 철저한 거부와 비판의 정신을 읽어내는 것도 무리는 아니다.

많은 유럽의 진보들은 마약에 대해서도 이와 유사한 태도와 생각을 가지고 있다. 마약을 하고 안 하고는 국가가 관여할 문제가 아니라 개인이 주권적으로 결정할 문제이며, 만일 법적 처벌을 해야 한다면 그것은 마약 자체가 아니라 마약 이후의 범죄 행위로 제한해야 한다고 보는 것이다. 보도에 따르면 실제로 마약 중독자들을 돕는 NGO들은 누구에게나 마약을 평생 즐길 권리가 있다고 주장하고 있다.

오늘 우연히 본 기사에 따르면 유럽에서 이런 입장을 처음으로 법제화했던 나라가 바로 포르투갈이다. 포르투갈은 벌써 20여 년 전(2001)에 세계 최초로 마약의 소지 및 구매를 포함한 모든 개인용 마약 소비 행위를 비범죄화 decriminalization했다. 10일분 이상의 마약을 소지하거나 사용하면 불법이지만, 그런 경우에도 주로 체포나 구금이 아니라 '마약 단념 위원회'에 회부하여 치료에 적극적인 도움을 주는 방향으로 처리한다. 그리하여 (우리는 지금까지 목격한 적이 없지만) 기사는 지금도 포르투(!)의 골목 곳곳이나 다리 아래, 심지어 학교 앞이나, 공원, 놀이터에서조차 사람들이 마약을 하는 모습을 쉽게 목격할 수 있다며 증거로 그런 사진들을 내보내고 있다.

기사의 요점은 ① 포르투갈 정부의 이런 정책이 그동안 HIV 감염률 급감, 마약 사용과 그로 인한 범죄의 감소에 실질적으로 많은 성과를 거두었으며 미국을 비롯한 유럽 국가들의 마약 정책에 큰 영향을 주어왔다는 것, ② 그러나 최근에 와서 이런 정책의 효용성을 의심케 하는 여러 조짐이 포르투갈 현지에서 특히 우리가 거주 중인 포르투에서 많이 목격되고 있다는 것이다. "리스본의 과다 복용률은 12년 만에 최고치를 기록했으며 2019년부터 2023년 사이에 거의 곱절로 늘었"고 "포르투에서는 2021~2022년 사이에 마약 관련 거리 쓰레기 수거량이 24%나 늘었는데 올해는 작년을 훨씬 웃돌 것으로 예상"한다고 한다. 이런 수치와 더불어 또한 반대의 가능성을 점칠 수 있는 자료도 존재한다. 즉 "새로 발표된 국가 설문 조사에 따르면 불법 약물 사용 경험이 있는 성인의 비율은 2001년 7.8퍼센트에서 2022년 12.8퍼센트로 증가했지만 여전히 유럽 평균보다는 낮"으며 "포르투갈의 고위험 오피오이드 사용률은 독일보다 높지만 프랑스와 이탈리아보다는 낮다"는 것.

긴 이야기할 자리가 아니므로 요약하자면, 첫째, (미루어 짐작건대) 종합적인 의미에서 포르투갈의 집단 지성의 수준이 상당히 높다는 것, 둘째, 어떤 정책^{이론}도 그 자체로 좋고 나쁜 것은 드물다는 것. 상황은 계속 바뀌므로 탄력적 대응이 필요하다는 것. "이론 없는 실천은 맹목이고, 실천 없는 이론은 불모이다."^{마르크스} 최근 포르투의 마약 문제는 코로나 상황의 경제적 여파가 아닌가 생각. 그리고 인간은 가까운 시일 안에 도대체 어디까지 진화하고 진보할까, 라는 질문.

2024.02.09(포르투)

53

어젠 몇 편의 디카시와 50매가량의 평론 원고 하나를 끝냈다. 영혼의 운동으로 바쁜 사람은 골방에 오래 가두어 놓아도 지루할 틈이 없다.

오늘은 상 벤투역에서 처음으로 전철을 타봤다. 포르투의 전철은 시내에선 지하로 그리고 교외로 나가면 전부 지상으로 달리는 경전철이다. 트램을 닮은 노란색 기차가 노선과 시간에 따라 1~3량 정도 이어진, 한국의 전철에 비하면 아주 작은 규모이다.

상 벤투역에서 전철을 타고 한 시간쯤^{대략 서른 정거장 정도} 북쪽으로 달리면 포보아 두 바르징^{Póvoa de Varzim}이라는 해안 도시

오래된 벽의 아주렐라, 포보아 두 바르징

에 도착한다. 포보아 두 바르징은 포르투 전철 B라인의 종점역 이름이기도 하다. 예상과 전혀 다르게 포보아 드 바르징 역사는 카페를 겸하고 있는 모던 스타일 디자인의 매우 세련된 건물이다. 역에서 내려 해안 쪽으로 방향을 잡고 조금만 걸으면 작지만 아담한 광장과 준케이라Junqueira 거리가 나타난다. 이 거리는 쇼핑가로도 유명한데 수백 년 묵은 올드 쿼터라 산책로로도 인기가 좋다. 이 거리의 중간에 있는 준케이라 쇼핑센터도 현대식 건물이 아니라 고풍스러운 유적에 가까워서 '쇼핑 센터'라는 현대적 이미지를 기대하고 찾아가다가는 그냥 지나치기 일쑤이다.

일요일이라 상점들 대부분이 문을 닫았어도 이 아름다운 거리를 걷는 관광객들이 꽤 많다. 포르투갈의 어느 거리를 가도 마찬가지이지만 길가엔 올리브 나무들이 많이 보인다. 올리브 나무는 아마도 오렌지, 레몬 나무와 더불어 포르투갈에서 사람 가까이 있는 것 중에서는 가장 흔한 수종 중의 하나일 것이다. 가로수는 물론이고 조그만 광장에만 가도 으레 백 년 이

상 늙은 올리브 나무들을 쉽게 볼 수 있다. 기마랑이스 페냐 성지 꼭대기에서 케이블카로 내려오며 본 산속에도 야생 올리브 나무가 정말 많이 자생하고 있었다. 앞에서 이야기했지만, 소설가 주제 사라마구의 유해 역시 그의 고향에서 가져온 늙은 올리브 나무 아래 묻혀 있다. 리스본의 사라마구 광장에 있는 그 올리브 나무가 백 년 이상 된 것이라 들어서 그 이후엔 항상 그 나무의 두께와 생김새를 기준으로 다른 올리브 나무들의 나이를 추정하는 버릇이 생겼다.

역을 기준으로 준케이라 거리를 지나 서쪽으로 대충 1킬로미터 정도 걸어가면 아름다운 해변이 나타난다. 해변에 도착하기 직전 준케이라 거리의 끝 무렵엔 카지노도 있는데 그 이름이 지역명을 따서 포보아 카지노Póvoa Casino이다. 카지노가 있는 것으로 보아 이곳은 포르트 북부에서 나름 유력한 휴양 도시임이 분명하다. 올리브 나무가 가로수로 줄지어 서 있는 해변 도로에 대략

8~9층 규모의 현대식 리조트 형 아파트들이 대서양을 향하여 줄지어 서 있다. 아파트들은 겉으로 화려하진 않으나 대체로 세련된 디자인을 하고 있어서 바닷가의 휴양용 건물로 잘 어울려 보인다. 이런 곳에서 한 6개월 정도 잊힌 듯 처박혀서 아침이면 바닷가에서 조깅을 하고 아내와 함께 종일 책을 읽고 녹초가 되도록 글을 쓰며 지내면 어떨까, 헛된 상상을 하는 사이에 어깨너머로 커다란 파도 소리가 들린다. 겨울비가 추절추절 내리는 잿빛 날씨에도 불구하고 대서양의 물결은 깨끗하며 맑고 푸르다. 비에 젖은 황금색 모래사장도 부럽도록 한적하다. 우연히 문을 연 카페로 들어가 창밖으로 젖은 바다를 내다보며 각각 슈퍼복 맥주, 화이트 포트 와인 한 잔씩을 마신다. 비와 찬 바람에 서늘해졌던 몸이 금방 따스해진다.

포보아 두 바르징은 (큰 욕심을 내지 않으면) 포르투에서 대충 반나절이면 넉넉히 다녀올 수 있는 거리에 있다. 오전에 일을 한 후에 점심을 먹고 출발해 저녁 무렵 돌아오니 큰 부담이 없다. 차창 밖으로 어둠이 내리기 시작하며 서른 개 정도의 역을 거쳐 상 벤투역으로 다시 돌아오다. 집에 와 흰쌀밥에 미역국으로 저녁.

2024.02.11(포르투)

54

포르투에서 북동쪽으로 50여 킬로미터, 기차로 1시간 반

정도 떨어진 곳에 브라가Braga라는 유서 깊은 도시가 있다. 브라
가는 인구 기준 포르투갈에서 일곱 번째로 큰 도시이다. 기마랑
이스가 포르투갈이라는 국가의 탄생지요람에 해당하는 도시라
면, 브라가는 포르투갈의 종교적 중심이라 할 수 있는 도시이
다. 그러므로 기마랑이스와 더불어 한 번쯤 방문하면 좋은 곳이
라는 생각이 든다. 게다가 포르투갈 뿐만 아니라 이베리아 반
도를 기독교화하는 데에 결정적인 역할을 한 도시라 한다. 1070
년 페드로D. Pedro (브라가) 초대 주교를 중심으로 공식적인 교구의

개념과 실체가 조직되면서 이 도
시는 성당을 중심으로 발달하였다
고 한다. 그래서인지 지금도 중세
의 종교적 향취가 물씬 풍기는 유
적들이 가득하다. 많은 사람이 지
금도 브라가를 포르투갈의 '종교
적 수도'라 부르는 데 주저하지 않
는다고 한다.

포르투 상 벤투역에서 갈아타
지 않고 한 번에 브라가까지 갈 수
있지만, 이것저것 볼거리가 많아
아침 일찍 떠나는 것이 좋다. 우리
는 아침 8시 45분 기차를 타고 출
발해 저녁 7시경에 다시 상 벤투역

봉 제주스 성소 채플 안의 조각

봉 제주스 성소에서 내려다 본 브라가 시내

봉 제주스 성소의 전경

으로 돌아왔는데 나름 꽉 짜인 일정이 되었다. 중간에 버스와 택시를 한 번씩 이용하고 총 15,000보 정도를 걸은 정도.

　　브라가역 바로 앞 버스 정류장에서 2번 버스를 타고 20여 분을 가면 봉 제주스 드 몬트 성소Sanctuary of Bom Jesus do Monte에 도착한다. 이곳은 단일 포인트로서는 볼 것도 많은 데다가 전망대처럼 브라가 시내 전체가 내려다보이는 산꼭대기에 있다. 게다가 이곳 외의 나머지 관광 포인트들이 대부분 구시가지에 몰려 있어서 먼

악의 평범성을 상기시키는 괴물의 조각, 포르투 성당

저 이곳을 돌아본 후에 다시 2번 버스를 타고 구시가지로 돌아가 천천히 완상하는 것이 좋다. 이곳엔 중앙 성당, 여러 개의 채플, 석상, 화강암 샘, 그리고 작고 아담한 호텔 등이 있는데 대략 14세기에서 18세기에 이르는 장구한 시간을 통해 하나씩 세워졌다고 한다. 버스에서 내리면 오른편에 산꼭대기의 성소로 오르는 계단이 있는데, 급경사의 이곳으로 걸어 올라갔다가는 초장에 체력을 다 소진하고 만다. 대신에 버스 정류장 바로 앞에 푸니쿨라funicula라 불리는 일종의 산악열차 같은 것이 있는데 이것을 타면 1~2분 안에 산꼭대기의 성소에 도착한다. 그러므로 이것을 타고 올라가서 제일 꼭대기의 성당 등을 둘러본 후에 천천히 걸어 내려오며 나머지 채플들을 관람하면 훨씬 수월하다. 이 성소는 그 이름봉 제주스는 포르투갈어로 선한 예수라는 뜻답게 처음부터 끝까지 주제가 예수이다. 산 아래쪽 성소 입구에서부터 산꼭대

봉 제수스 성소의 샘물 조각, 브라가

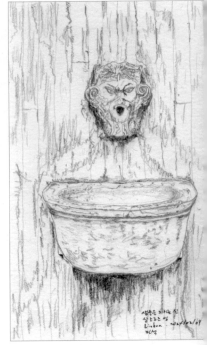

샘물을 지키는 신(화강암 조각), 상 조르즈 성, 리스본

기까지 계단봉 제주스 계단(Escadaria de Bom Jesus)이라 불린다이 이어져 있는데, 이 계단을 따라 최후의 만찬에서 시작해 십자가에 못 박혀 죽고 내려지기까지의 예수의 수난 서사를 순서대로 재현해 놓은 작은 성소들이 (지그재그로) 계속 이어지며 세워져 있다. '채플chapel'이라 불리는 이 성소들은 예배 공간이라기보다는 그 안에 예수의 수난 과정을 채색 조각들로 재현해 놓은 아주 작은 전시장들이라고 보면 좋다. 입구마다 쇠창살로 된 문이 달려 있는데, 녹슨 창살 너머로 마치 지금 눈앞에서 벌어지는 것처럼 예수 수난의 끔찍한 장면들이 조각으로 재현되어 있다. 나로서는 너무 자극적이어서 보고 있으면 고통스러울 지경이었다. 지극히 주관적이며 솔직한 느낌을 말하자면, 로만 가톨릭 교회의 전통이기도 한 '신성의 성물화'에 대하여 다소 거부감이 든 것도 사실이다. 라틴어를 몰라 성경을 읽을 수 없었던 중세의 평신도들을 위해 이런 식의 다양한 시청각 교재들(?)이 당연히 필요했겠지만, 신성의 인성적 재현human representation of the holiness이라는 논제는 만만치 않은 생각거리들을 준다.

채플들은 모두 석재로 되어 있는데, 벽체는 화강암으로 그리고 뾰족한 작은 지붕은 석회암으로 짐작되는 돌로 만들어져 있다. 각각의 채플마다 옆에 화강암으로 멋을 낸 다양한 인공 샘들이 일종의 짝처럼 세워져 있는데 거기에서 맑은 샘물이 계속해서 흘러나온다. 저 샘물은 예수와 마리아의 눈물이자 동시에 생명수를 상징하는 것이라 보아도 좋을 것 같다.

187

브라가 대성당을 중심으로 중세의 건축물들이 모여 있는 구시가지에 내려와 '브라질리아'라는 이름의 레스토랑에서 스테이크와 시원한 슈가 제로 콜라로 점심. 현지인들로 보이는 노부부들이 서로 아는 체를 하며 에스프레소를 마시는 풍경이 무슨 영화 장면들처럼 아름답다. 사람이 공간을 만들고, 공간이 다시 사람을 만든다. 이런 공간 속에서 일상적인 삶을 꾸린다는 것은 얼마나 큰 행운인가.

기차를 타고 포르트 교외로 자주 나와보니 포르투갈의 생활 물가가 도시의 규모에 따라 조금씩 다르다는 것을 알겠다. 중간에 들린 한 카페에서는 아메리카노 커피 한 잔이 0.8유로밖에 하지 않는다.

2024.02.12(브라가)

55

연 3일째 기차 여행. 오늘은 포르투를 기준으로 그저께 갔던 포보아 드 바르징의 두 배 거리 북쪽의 비아나 두 카스텔루Viana do Castelo. 기차로 약 1시간 40분쯤 걸린다. 상 벤투역에서 한 정거장 떨어진 캄파뉴역에서 비아나 드 카스텔루로 가는 기차를 갈아탔는데, 지금까지 포르투 근교를 이동할 때 타던 기차들과는 전혀 다른 모습. 전면의 동력 칸은 화물차처럼 투박했지만, 승객 칸은 우리가 옛날부터 타 본 기차의 고즈넉한 분위기. 제대로 된 기차이다. 역시 오래된 것이 인간적이고 편하다. 한국에서 KTX보다 옛 새마을호가 좌석도 훨씬 더 넓고 풍성한 느낌인 것을 떠올리면 된다. 포르트 교외로 가는 대부분의 기차편들은 전철과 잘 구별이 되지 않는, 날렵하게 생긴 현대식 경전철인데. 이 기차는 넓고 아늑한 좌석에 책이나 태블릿을 펼쳐놓고 작업을 할 수 있을 정도로 넉넉한 크기의 접이식 테이블도 있다. 게다가 핸드폰 충전기까지. 덕분에 종점에 도착할 때까지 해설을 써야 할 시집을 집중적으로 읽을 수 있었다.

비 내리는 비아나 두 카스텔루 거리.

차창 밖으로는 안개 바다. 안개가 풍경의 누추한 부분을 가려주고, 날씨가 푹해지며 들판의 초록이 더 진해져서인지 이번 기찻길은 우울하고 칙칙하기보다는 그림처럼 아름답다. 그 와중에도 나는 차창 밖으로 휙휙 스쳐 지나가는 레몬 트리와 오렌지 나무들을 놓치지 않는다. 레몬과 오렌지는 초록 파스텔을 배경으로 흰 안개의 품속에서 작은 호박 보석들처럼 빛난다. 저 나무들은 분명히 신이 포르투갈 민족에게 준 선물임이 분명하다.

기마랑이스나 브라가처럼, 이곳의 여행도 산꼭대기에 올라가 도시 전체를 조망하는 것에서 시작한다. 도시를 병풍처럼 끼고 있는 산타 루지아Santa Luzia라 불리는 산 정상에는 예수 성심 교회Temple of the Sacred Heart of Jesus가 서 있다. 이 교회는 1940년대에 완공된 비교적 최근의 건물인데, 바로 그런 이유 때문에 내부의 인테리어나 예수상 등 조각들이 현대적인 의미에서 단순하고 깔끔하다. 절이든 중세 성당이든 금박으로 떡칠을 해놓은 것을 별로 좋아하지 않는 나에게 이 교회는 덧칠을 하지 않은 화강암의 말끔함과 과장하지 않은 성상들, 그리고 단순하지만 깊은 색의 스테인글라스로 경쾌한 아름다움을 선사한다.

교회 앞에 서면 시내 전체와 시내를 지나가는 리미아Limia강, 그리고 리미아강이 빠져나가 펼쳐지는 대서양의 시원한 풍경을 한눈에 볼 수 있다. 우리가 올라갔을 땐, 아쉽게도 안개가 온 도시를 점령한 상태여서 이런 풍경을 전혀 볼 수 없었다. 그러나 시내로 내려와 옛 시청사, 르네상스시대의 작품인 리푸블리카 광장Praça da República의 샘 등을 구경하다 보니 안개가 걷히고 산 정상이 생각보다 가까운 위쪽으로 나타난다. 결국 택시를 타고 다시 올라가기로 결정, 이 아름다운 풍경을 실컷 접할 수 있었

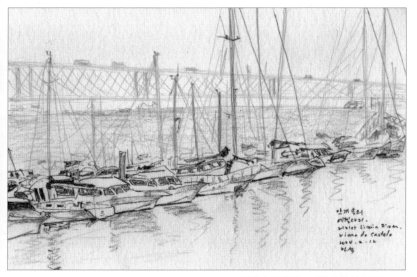

안개 속의 에펠교, 비아나 두 카스텔루

다. 시내에서 이곳까지는 푸니쿨라 스타일의 엘리베이터를 타

거나 우버 혹은 볼트로 택시를 불러 타면 큰 비용 들이지 않고

쉽게 올라갈 수 있다.

산타 루지아 예수 성심 교회 뒤편, 교회보다 약간 더 높은

곳^{사실상 산타 루지아 최정상}엔 오래되고 아담한 석조 건물이 하나 있는

데, 이것은 성당이 아니라 '비아나 두 카스텔루 여관'이라고 자

신을 낮추어 부르는, 그렇지만 사실은 아주 품격이 있고 격조

가 높은 호텔이다. 우리가 올라갔을 땐 마침 점심시간이어서 이

곳 레스토랑에서 창밖의 안개를 쳐다보면서 식사할 수 있었는

데, 말 그대로 일품이었다. 레스토랑과 연결이 되어 있는 로비

와 바, 화장실 등이 흠잡을 수 없이 점잖고 고전적인 분위기여

서 오랫동안 그곳에 앉아 있고 싶었다. 날 좋은 날 이곳에서 하

루쯤 묵어가는 것도 좋을 것 같다. 호텔 앞쪽에는 시타니아 산타 루지아Citânia Santa Luzia라는 철기시대의 작은 유적지가 있는데 아쉽게도 문이 닫혀 있었다.

안개 속의 예수 성심 교회, 비아나 두 카스텔루

시내의 리푸블리카 광장에서 리미아 강쪽으로 걸어가면 아름다운 강변 산책로에서 강을 가로지르는 철교 하나를 볼 수 있다. 이 다리는 에펠교Eiffel Bridge라 불리는데 실제로 에펠탑의 설계자인 구스타브 에펠Gustave Eiffel이 설계해 1878년 6월 30일에 개통한 다리라고 한다. 가까이 가서 보니 안개 속이지만 압축된 단순미가 강하게 내면화된 모습이라고나 할까, 오래봐도 지겹지 않을 명품의 은은한 아름다움이 느껴진다.

2024.02.13(비아나 두 카스텔루)

56

스케치북도 살 겸 아침 식사 후에 산타 카타리나 거리로 산책. 포르투에 와서 50여 점의 그림스케치을 그렸다. 거의 매일 하루에 한 장씩 그렸다고 보면 된다. 세 권의 스케치북을 다 썼다. 가능한 한 유사한 소재를 피하려고 애썼다. 다양한 소재들을 건드리다 보니 매번 도전이 되기도 했지만, 그만큼 다양한 소재의 재현에 약간 자신감이 붙은 것도 사실이다. 한국에서 가져온 134×195mm보다 여기에서 산 153×250mm짜리 스케치북이 드로잉을 하기에 훨씬 편하다. 수직축에 비해 상대적으로 수평축이 짧은 종이는 파노라마형 풍경을 표현하기에 좋지 않다는 사실도 알게 되었다.

마제스틱 카페 맞은편에 있는 미술용품 전문점에 가기 전에 길가의 노천카페에 서둘러 앉는다. 다른 이유는 없다. 흰 테이블 위의 빛나는 햇살이 갑자기 반가워서이다. 며칠간 계속된 우기 덕분이다. 나타 두 개와 최 시인을 위한 카푸치노, 그리고 내가 마실 아메리카노 한 잔을 주문한다. 야외 테이블에 앉아 각양각색의 사람들이 지나가는 것을 쳐다본다. 이 모든 것이 마치 영원한 현재 같다. 다들 영원하지 않은 현재를 영원한 것처럼 산다. 그렇게 살아야지, 어쩔 것인가. 페르난도 페소아의 말처럼 갈매기가 땅바닥에 바싹 붙어 날아다닌다고 해서 비가 올 것을 미리 염려할 필요는 없다.

잠시 갈매기 생각을 하고 있는데 정말로 난데없이 손 대면 닿을 듯한 공중에서 갈매기 한 마리가 날개를 휘저으며 우리에게 달려들려고 한다. 그는 우리 테이블의 나타를 노리고 있다. 손을 내젓자 길 건너 봉고차 지붕으로 날아간다. 놀란 것은 우리, 갈매기는 이러나 저러나 아주 태연하다. 옆자리에 혼자 앉아 패스트리에 커피를 마시던 금발의 여자가 당황한 우리를 보고 말한다. "쟤네들은 겁이 없어요. 사람들이 먹는 것을 아무 때나 와서 가로채지요. 그리곤 도둑처럼 도망가요." "정말요?" "정말이라니까요." 이런 이야기들을 나누며 함께 웃다.

내일은 또 멀리 떠난다. 말하자면, 떠난 곳에서 더 멀리 떠나보기.

2024.02.14(포르투)

57

최 시인의 온라인 강의가 끝나고 출발. 이번에 탄 리스본행 열차는 지난번에 처음으로 리스본에 갈 때 탄 것보다 훨씬 쾌적하고 넓고 깨끗하다. 좌석마다 아예 220볼트 콘센트까지 설비가 되어 있다. 접이식 테이블을 펴고 태블릿에 저장해놓은 소설을 읽다 가끔 고개를 들어 창밖을 보면 그새 초록이 훨씬 깊어진 들판이 시간처럼 휙휙 지나간다. 그간 웬일인지 내게 대체로 칙칙하고 우울해 보였던 포르투갈 차창 풍경의 원인이 상당 부분 계절 탓이었다는 사실을 뒤늦게 깨닫는다. 봄기운이 완연한 햇살 아래에서는 폐가들마저도 훨씬 밝은 표정이다. 3시간 20분을 달려온 끝에 리스본의 산타 아폴로니아Santa Apolónia역에 도착. 처음 올 때와는 달리 느긋하게 역

한밤의 4·25 다리, 리스본

한밤의 리스본 거리

앞의 레스토랑에서 이른 저녁을 먹고 택시를 이용하여 호텔에 도착.

짐을 풀고 지난번의 여행으로 이미 익숙해진 리스본 역사지구를 천천히 산책. 결국 개선문이 있는 코메르시오 광장으로 나가니 이미 날이 어둡다. 그리 멀지 않은 태주강 위로 소박하게 조명을 켠 4·25 다리Ponte 25 de Abrill가 보인다. 샌프란시스코의 금문교Golden Gate Bridge와 거의 비슷하게 생긴 이 현수교는 금문교를 건설한 같은 회사가 1966년에 세운 것이다. 원래는 독재자의 이름을 따라 살라자르$^{Ponte Salazar}$ 다리라고 불렸는데 1974년 4월 25일 카네이션 혁명으로 살라자르를 쫓아내면서 지금의 이름으로 바뀌었다고 한다. 그런 역사만으로도 4·25 다리는 자랑스러워 보인다. 속설에 의하면 카네이션 혁명이 성공하면서 한 시위자가 살라자르라는 다리의 이름을 지우고 그 자리에 '4·25 다리'라는 이름을 써넣었다고도 한다.

광장을 거꾸로 돌아 리스본 역사 지구의 한복판을 지나 호텔 쪽으로 올라오면서 다시 드는 느낌. 이곳은 포르투에 비해 훨씬 더 상업화되어 있으며, 그래서인지 포르투라는 공간의 밑바닥에서 짙게 느껴지는 '사우다드'가 잘 감지되지 않는다. 개선문 광장에서 북쪽으로 이어지는 약 2킬로미터 정도의 바이샤 지구만 놓고 보면 리스본은 포르투보다 '운명^{fatum}'으로부터 훨씬 더 자유로워진 도시이다. 슬픔과 향수와 그리움 대신에 잘 관리된 소비와 향락이 이 거리를 지배한다. 그러나 바이샤 지구에서 조금만 벗어나 외곽으로 나가보면 수많은 언덕의 낡고 오래된 골목들에서 여전히 운명과 슬픔과 억척스러운 삶의 흔적들이 보이고 느껴진다. 리스본의 밤이 깊어 갈 즈음 호텔에 들어와 이른 잠을 자고 일어나다. 새벽 여섯 시에 지중해 연안 프랑스 니스^{Nice}로 가는 비행기를 타야 한다. 포르투 체류 70일 계획에 예정되었던 외유.

2024.02.15(리스본)

58

새벽, 이륙 직후 비행기 창밖으로 내려다본 리스본 항구는 화려하게 빛나는 황금 덩어리 같다. 가로등을 포함한 리스본 일대 대부분의 조명이 주광색주백색이 아니라 노란색전구색을 사용하기 때문에 생기는 현상이다. 비행기에서 자세히 내려다보면 보면 황금빛의 전구색 등들과 일부 주광색 등이 구별될 정도이다. 유럽이나 북미 쪽 사람들은 병원이나 학교 등 관공서 외에는 주광색 조명을 거의 사용하지 않는다. 가정집이나 호텔 혹은 레스토랑 등, 어디를 가도 주광색 형광등 대신 노란색 전구가 실내를 따뜻하게 감싼다. 집안에서도 대부분 커다랗고 밝은 천정등 대신에 램프나 벽등을 사용한 부분 조명을 선호한다. 이때도 물론 주광색 형광등 같은 것을 거의 사용하지 않는다. 그래서 환하고 밝은 것에 익숙한 사람들에게는 상당히 어둡고 갑갑해 보일 수도 있다. 나도 병원처럼 창백하게 밝은 것 보다는 아늑하고 포근한 것을 좋아해서 우리 집에는 주광색 형광등이 하나도 없다.

니스 공항에서 볼트 택시를 이용하여 정오가 되기도 전에 호텔에 도착. 얼리 체크인이 되지 않아 호텔에 캐리어를 맡기고 곧바로 영국 산책로La Promenade des Anglais라 불리는 바닷가 쪽으로 나감. 우리가 묵고 있는 호텔 상 조르주Hotel Saint Georges에서 바닷가까지는 느린 걸음으로 대충 15분 정도면 도착할 수 있다. 해변의 이 산책로는 길이가 대략 3.5킬로미터 정도 되는데

영국 산책로, 니스 해변

당연하게도 휴양 도시 니스의 대표적인 공간이다. 쏟아지는 햇빛과 긴 자갈밭 해변을 따라 폭이 매우 넓고 깨끗히 잘 정돈된 산책길이 이어져 있다. 반바지 차림으로 조깅을 하는 사람들, 지팡이를 짚고 불편한 몸을 서로 의지하며 산책하는 노부부들, 해변의 의자에 앉아 오래도록 햇살을 즐기는 사람들, 자갈밭 비치에 누워 담소를 즐기는 연인들로 니스 해변은 휴양지의 한가함과 여유로움을 한껏 자랑한다. 그러나 최근에 연이어 포르투갈의 장엄한 대서양 해변을 여러 곳 다녀온 우리로서는 특별한 감흥이 오지 않는다. 해운대를 조금 확대한 풍경이라고나 할까. 니스는 거리와 길가의 건축물 등이 깨끗하게 잘 정돈이 되어 있어서 시원하고 쾌적한 느낌이 들지만, 거의 모든 길이 수백 년 묵은 중세 / 르네상스시대의 돌길이라 콘크리트나 아스팔트 구경을 하기 힘든 포르투와는 매우 대조적인 분위기이다. 근 두 달을 포르투에 체류하며 포르투의 매력에 흠뻑 빠진 우리로서는 니스의 이런 '현대적 풍경'이 별로 마음에 와닿질 않는다. 이런 풍경은 어디에나 널려 있으니까. 게다가 해변 뒷골목의 레스토랑에서 (요즘 한국에서라면 구경도 못 할) 최악 품질의 재료, 불친절로 범벅 된 바가지요금에 버거와 샌드위치로 점심을 먹은 후엔 정나미가 뚝 떨어졌다. 싸구려 버거와 샌드위치, 콜라 1캔, 아이스티 1캔을 합친 음식 요금이 한화로 거의 6만 원가량⁵³유로 되었는데, 와이파이도 아예 없고 무관심과 불친절로 일관할 뿐만 아니라 계산할 때는 카드도 안 되고 오로지 현금만 받는 얌체 주인 때문에 니스에서의 첫인상은 최악. 가끔 속초나 강릉 쪽의 관광지 음식점에 가서 돈밖에 모르는 바가지 상혼을 만났을 때와 똑같은 기분. 그러나 식사 후에 레스토랑 앞길 살레아 시장(Cours Saleya)에서 꽃, 수제 비누, 말린 과일과 잼, 아마추어 화가의 그림, 수공예품, 싱싱한 각종 야채, 길거리 음식 등을 파는 긴 행상들을 만난 것은 불행 중 다행. 가격도 적절할 뿐만 아니라 거리를 온통 물들인 꽃냄새에 황홀한 느낌마저 들었다. 해변 레스토랑의 살인적인 물가 때문에 특히 젊은이들은 이런 시장과 길가의 슈퍼마켓에서 음식과 음료를 사 들고 니스 해변에서 피크닉을 겸한 식사를 즐기기도 한다고 한다.

호텔에 들어와 낮잠을 잔 후에 상쾌해져 다시 나간 니스의 거리 풍경. 호텔에서 50여 미터 떨어진 대로변의 한 카페는 해변의 핵심 상권이 아니라서인지 우리가 겪은 레스토랑과는 달리 아주 친절한 매너에 적절한 가격으로 다양한 음식과 음료를 제공한다. 게다가 오후 6시 이후에는 '해피 아워happy hour'이어서 생맥주를 특별히 비싸지 않은 가격에 즐길 수 있다. 아침에도 8시 30분부터 10유로 초반대에 몇 가지 메뉴의 간단한 식사를 해결할 수 있다. 그래서인지 손님이 제법 많다. 노천의 테이블에 앉아 시원한 생맥주를 마시며 다시(!) 느끼는 니스는 한마디로 활기에 넘쳐 있다고 표현하면 가장 정확하다. 다양하고 특별히 세련된 패션의 행인들이 많이 보이고, 카페 앞의 넓은 도로엔 도시적 디자인의 현대판 전차트램들이 수시로 오간다. 해변으로 이어지는 넓은 도로의 양쪽으로는 백화점과 쇼핑몰들이 이어져 있는데, 파격적인 색깔과 패션의 옷 가게, 화장품점, 다른 곳에선 보기 힘들 독특한 디자인의 각종 신발을 전시해 놓은 가게 등이 관광객들의 들뜬 소비 욕망을 부채질한다. 어쨌든 내가 처음으로 만난 니스는 뉴욕만큼은 아니지만 도시풍의 세련된 소비공간이고 바다와 해변의 산책로는 덤이다. 니스의 얼굴에 가난이나 아픔, 슬픈 운명 같은 것은 없다. 나는 갑자기 한 번도 구경한 적 없는 헤밍웨이나 샤갈, 혹은 피카소 시절의 니스가 까마득히 그리워진다.

호텔에서 나와 해변 쪽으로 가면 영국 산책로에 도착하기 직전에 마세나 광장Place Masséna이라는 니스의 중심 공간을 만나게 된다. 내일부터 시작될 카니발 축제로 한밤의 이곳은 지금

터질 듯한 흥분을 애써 감추고 있는 표정.

2024.02.16(니스)

59

어제 '해피 아워'에 맥주를 마셨던 호텔 근처의 레스토랑에서 아침 식사. 아침인데도 행인들이 많이 오간다. 크로아상한 개, 바게트 한 조각, 커피 한 잔, 주스 한 잔이 나오는 세트 메뉴 하나면 아침이 충분하다. 커피는 에스프레소, 카푸치노, 아메리카노 중에서 선택할 수 있는데 여기에선 아메리카노라는 표현을 사용하지 않고 대신에 '라아지 커피large coffee'라고 부른다. 주스도 오렌지와 파인애플 주스 중에서 선택할 수 있다. 길가 테이블에 앉아 천천히 식사를 끝낸 후에 샤갈 미술관Musée Marc Chagall을 찾아 나섰다. 샤갈 미술관은 호텔 상 조르주에서 1.2킬로미터 정도 떨어져 있으므로 니스 중심부에서 더 멀리 떨어진 곳이 아니면 대충 걸어서 갈 수 있는 거리에 있다. 포르투갈의 섬세하고 아기자기한 건축 양식에 비해 단순하고 반복적이며 규모가 약간 더 크고 선이 굵은 이탈리아풍의 건물들이 줄지어 서 있는 거리를 산책하는 것도 나름 재미가 있다.

샤갈 미술관은 1973년 샤갈1887~1985 생전에 문을 열었으며 샤갈의 그림 중에서도 주로 성경적 메시지를 담은 작품들을 소장하고 있는 것으로 유명하다. 샤갈의 환상적 상상력, '샤갈의 색'이라고 밖에 할 수 없는 샤갈 고유의 매혹적인 색상들,

샤갈 미술관 정원의 올리브 나무

그리고 기독교 영성에 관심이 있는 사람들이라면 꼭 들러보길 권한다. 소장품도 상당히 많아서 충분한 시간적 여유를 갖고 보는 것이 좋다. 전시관 바깥에는 그리 크지도 작지도 않은 아담한 규모의 정원이 있는데 잘 관리된 올리브 나무들이 빼곡하게 서 있고 발치에는 키가 낮은 초록의 허브들이 심겨져 있다. 자그만 야외 카페도 있으니 충분한 시간과 여유를 갖고 최하 반나절 이상의 시간을 보내도 좋을 곳이다. 〈이삭의 희생〉, 〈율법을 받는 모세〉, 〈파라다이스〉, 〈추방된 아담과 이브〉 등의 대작들뿐만 아니라 판화를 비롯한 소품들도 마음껏 감상할 수 있다. 전시실의 창문 밖 야외 건물 벽에 작은 타일로 설치된 모자이크 작품은 샤갈만의 환상적인 색조를 느끼게 하는 데, 아니나 다를까 이것도 미술관을 위하여 샤갈이 직접 제작한 것이라 한다. 전시실 안의 작은 콘서트홀의 푸른 유리창에 새겨진 스테인드글라스도 볼거리 중의 하나이며, 무대 위에 있는 작은 피아노의 뚜껑 안쪽에도 샤갈의 그림이 그려져 있는데

안타깝게도 가까이에선 볼 수 없게 되어 있다.

샤갈 미술관에서 다시 1.5킬로미터 정도를 더 가면 마티스 미술관Musée Matisse이 있다. 마티스의 초기작품부터 말년에 이르기까지 그의 예술 세계의 진화 과정을 전체적으로 볼 수 있는, 세계에서 가장 많은 마티스 소장품을 보유한 미술관인데, 아쉽게도 관리 일정상의 이유로 휴관 중이었다. 대신에 바로 옆에 있는 고고학 박물관을 방문했는데, 이곳에 가면 고대 로마시대 니스의 공중목욕탕 등의 유적이 고스란히 남아 있는 발굴지와 다양한 유품들을 감상할 수 있다.

오후에는 그 유명하다는 니스의 카니발 축제Nice Carnival를 참관했다. 애초에 이런 것이 있는 줄도 몰랐으므로 이것에 맞추어 니스를 방문한 것은 전혀 아니었는데 우연히 일정이 겹쳤다. 1200년대 중세에 시작한 카니발이 오늘날과 같은 형식으

니스 축제의 퍼레이드

로 발전한 것은 약 151년 전이라고 한다. 주최 측의 설명에 의하면 세계 3대 페스티벌 중의 하나라는 데, 다른 매체에서는 11위로 순위를 밀어내기도 한다. 어쨌든 매년 2주 동안 진행되는 축제에 전세계에서 약 백만 명 이상의 관람객들이 몰려온다고 한다. 매년 주제가 달라지는데 2024년의 주제는 "팝 문화의 왕 The King of Pop Culture"이다. 카니발은 2월 17일부터 3월 3일까지 이어지는데, 3월 1일 오후 네 시에 시작하는 행사의 제목은 "K팝의 밤"이다. 하필이면 오늘이 개막일이라 오기 전에 공부 삼아 온라인으로 오후의 "오프닝 퍼레이드"와 오늘 밤 예정된 "빛의 퍼레이드Carnival Parade of Lights" 티켓을 예매했다. 그래서 오늘 참관한 오프닝 퍼레이드는 한마디로 돈놀이를 위한 완전히 싸구려 축제였다. 무슨 놈의 카니발이 도로를 막아 비싼 입장료오프닝 퍼레이드의 경우 좌석이 없는 제일 싼 티켓이 14유로를 낸 사람만 참여할 수 있도록 하나. 얼마나 많은 티켓을 팔았는지 도로를 막고 돈을 낸 관객들만 입장시키는 입구엔 오프닝 타임오후 2시 30분이 훨씬 지나도록

(오후 3시가 훨씬 넘도록) 입장하지 못한 관객들의 긴 줄이 이어졌다. 신기한 것은 아무도 이 말도 안 되는 '장사'에 항의하는 사람들이 없더라는 것. 그리하여 겨우 들어간, 온통 양철판 칸막이로 막아놓아 밖에서는 볼 수 없도록 해놓은 도로에서 이어지는 퍼레이드는 모든 면에서 빈약하기 짝이 없고 유치한 것이었다. 미국 플로리다의 디즈니월드에서 하루 종일 관람에 지친 손님들을 위해 문을 닫는 시간에 일종의 보너스로 보여주던 퍼레이드의 규모를 생각하면 이건 거의 유치원 수준. 내가 보기엔 옛날에 한국의 에버랜드에서 하던 퍼레이드에도 훨씬 못 미치는 수준의 빈약한 행렬이 얼마간 이어졌다. 샤갈 미술관에서 카니발 장소로 이동할 때 탔던 볼트 택시 기사에게 물어보았더니 자신은 니스 태생이고 현재 28세인데 지금까지 한 번도 카니발에 참석을 한 적이 없다고 한다. 다만 관광객들은 한번 구경할만 할 것이라는 게 현지인으로서 그의 평가였다.

미하일 바흐친M. Bakhtin이 '카니발화Carnivalization'라는 용어로 설명했던바, '민중적 잔치'로서의 중세 카니발의 민중성, 집단성, 전복성 같은 것을 니스 카니발 같은 현대의 페스티벌에선 절대 기대하면 안 된다. 니스 카니발은 기층 민중들을 완전히 배제하고 도로를 전부 차단한 폐쇄 공간에서 이루어지는, 관광용 싸구려 돈벌이 쇼일 뿐이다. 이를 위해 니스 시 전체는 경찰뿐만 아니라 무장 군인까지 동원하여 온 도시를 공포 분위기로 몰아넣는다. 완전무장을 한 채 총구를 전면으로 내밀고 시내를 활보하는 군인들을 보면 금방 전쟁이라도 일어날 것 같은 분위기이다.

결국 밤에 하는 '빛의 퍼레이드'는 자발적 포기. 예매표들은 모두 어떤 이유로든 '환불 불가'라 표기되어 있어서 어디 가서 하소연도 못 한다. 오프닝 퍼레이드가 끝나고 돌아오는데 뒤쪽에서 한국에서 온 젊은 여성 여행객들이 니스 카니발에 대해 내뱉는 '상욕들'이 들려온다. 카니발 대신에 호텔 근처의 레스토랑에서 아내와 시원한 맥주를 한잔하니 이게 카니발이다.

2024.02.17(니스)

60

니스에 오면 단언컨대 방문해서 절대 후회하지 않을 공간이 하나 있다. 니스에서 대략 25킬로미터 정도 떨어져 있는 생폴드방스Saint-Paul-de-Vence라는 마을이 그곳이다. 니스에서 기차나 버스를 갈아타고 가면 1시간 이내에 도착할 수 있다. 이곳은 지중해 연안이 가까이 내려다보이는 산꼭대기에 있는데 마을 전체가 성벽으로 둘러싸인 요새 안에 있어서 같은 지역 안에서도 분리된 느낌을 준다. 먼 과거엔 성문이었을 작은 아치형 입구로 들어가면 이 아름다운 '산동네'가 바로 시작되는데, 소문대로 첫눈에 반할 정도로 아름답다. 이런 중세 마을이 어떻게 지금까지 이렇게 잘 보존이 되었을까 싶을 정도로 오래 묵은 돌길과 돌집들이 그 먼 옛날 그 모습 그대로 살아 있다. 한 걸음 한 걸음 지나가기가 아까울 정도로 아름다운 골목엔 기념품점, 카페, 레스토랑들보다도 훨씬 더 많은 수의 갤러리들이 줄지어 있다. 한눈에 보아도 관광지 그림이라고 무시해 버리기엔 무리인 상당히 수준이 높은 작품들이 수십 개의 작은 갤러리들에 전시되어 있고, 화가가 (아틀리에를 겸해) 그곳에서 직접 그림을 그리고 있는 곳도 있다. 나는 1층의 상가들만이 아니라 그 위 2, 3층의 생활 공간들을 눈여겨보았는데, 창문의 형태나 화분 등 창가의 장식들, 안에 쳐진 커튼 등의 상태를 볼 때, 그곳에도 대개 사람들이 상주하고 있는 것을 알 수 있었다. 어떤 곳은 아예 1층 현관에 작가의 이름을 넣어 "~~~ 아틀리에"라고 써있기도 하고 렌트 안내문을 붙여놓기도 한 것으로 보아, 소문대로 지금도 많은 예술가와 작가들이 이곳에 모여들어 그림을 그리고 글을 쓰고 있을 수도 있다는 생각이 들었다.

반 고흐의 아를과 견줄 수 있을 만큼 이곳은 무엇보다도 샤갈이 근 20년 가까이 거주하면서 그림을 그린 곳으로도 유명하다. 마을의 끝 쪽 성곽 바로 바깥, 지중해가 내려다보이는 작은 공동묘지엔 샤갈의 무덤이 있다. 샤갈의 무덤은 그곳의 다른 무덤들과 별로 다를 바 없이 소박한 모습이어서 샤갈을 추억하는 방문객들이 올려놓은 자갈들 사이로 샤갈과 그의 부인의 이름이 간신히 보일 뿐 눈에 잘 띄지 않는다. 샤갈이 이 마을을 배경으로 그린 〈생폴드방스의 정원〉이라는 그림은 얼마 전 2021년 한국의 경매장에서 42억 원에 낙찰되어 샤갈

상폴드방스의 골목

의 한국 경매사 중 최고가를 기록하기도 했다. 마을 입구로 들어오기 직전의 작은 커브길 옆엔 라 콜롬브 도르La Colombe d'Or라는 이름의 작은 호텔 겸 레스토랑이 있는데, 이곳의 주요 고객 리스트엔 피카소, 사르트르, 배우 이브 몽땅 외에도 시인 자크 프레베르Jacques Prévert 등의 이름이 올라 있다.

우리는 시내에서 이 중세 마을로 들어오기 직전에 마그 미술관Maeght Foundation이라는 곳을 먼저 들렀다. 이 미술관에서 마을까지는 걸어서 10분 정도의 거리이므로 함께 방문하면 좋다. 마그 미술관은 프랑스 정부의 지원을 전혀 받지 않는 개인 소유의 미술관으로 주로 현대 미술 관련 다양한 작품들을 소장, 전시하고 있다. 회화뿐만 아니라 조각들까지 제법 많은 작품을 전시 해놓고 있었는데, 현대 화가 중에서도 수적으로는 단연 호안 미로Joan Miró와 쟈코메티의 작품들이 많았다. 내겐 특별히 쟈코메티의 조각들과 몇 장의 크로키들이 갑작스러운 선물처럼 반가웠다. 아트 딜러였던 마그 부부Marguerite and Aimé Maeght가 백혈병에 걸린 어린 아들을 잃고 나서 그 시름을 잊기 위해 설립했다는 이 미술관의 정원 한 귀퉁이엔 그 죽은 아들에게 헌정된 아주 작은 채플이 있는

상폴드방스의 골목

데, 그 예배당의 벽엔 정말이지 인자한 동네 아저씨 같은 얼굴의 예수상이 걸려 있다.

상폴드방스는 내가 지금까지 내가 살면서 본 (많지 않은) 마을 중에서도 가장 아름다운 마을이었다. 니스를 보러 왔다가 우연히 알게 되어 들렀지만, 이 마을은 니스보다 몇백 배 나의 마음을 끌어당겼으므로 결과적으로 나는 이 마을을 보기 위해 니스에 온 셈이 되어 버렸다. 상폴드방스와 마그 미술관, 니스의 샤갈 미술관, 그리고 미술관만큼 최 시인이 좋아했던 고고학 박물관으로 나의 니스 방문은 아름다운 정점을 찍었다. 이런 공간들이 없었다면 나에게 니스 여행은 굳이 할 필요가 없었거나 다소 실망스러운 것이 될 뻔했다. 이렇게 잠깐 3박 4일의 외유를 끝내고 내일이면 우리는 다시 리스본행 비행기를 탄다. 더 멀리 나의 강원도 산골 먹실의 작업실로 돌아갈 날도 점점 더 가까이 오고 있다. 지금 있는 곳도 벌써 그립고 돌아갈 모든 곳도 그립다. 그리움이 사랑이다.

2024.02.18(상폴드방스)

61

프랑스에서의 일정을 끝내고 어제 포르투갈로 돌아옴. 니스발 리스본행 비행기가 갑자기 지연되어서 예정보다 늦게 리스본 공항에 내렸다. 신트라Sintra에 미리 예약한 호텔로 서둘러 이동, 밤 아홉 시가 되어서야 겨우 도착하였다. 호텔 주인의 친

신트라의 아름다운 숙소, 19세기의 저택을 개조한 것임

절한 안내로 신트라역 근처의 레스토랑에 가서 늦은 저녁 식사. 'Metamorphosis변신'라는 독특한 이름의 레스토랑에서 식사와 함께 토니Tawny 레드 포트 와인 한 병을 주문. 둘이서 겨우 반 병 쯤 마시고 호텔로 돌아옴. 'Quinta Das Murtas' 라는 이름의 이 호텔은 주인의 설명에 의하면 19세기에 지어진 저택을 호텔로 개조한 것인데, 마치 오래된, 그러나 잘 관리된 시골의 별장처럼 친근하다. 처음 온 호텔인데도 이곳에 마치 무슨 추억이 있기라도 한 것 같이 정겹다. 호텔 로비도 화려함을 고전적무게로 지긋이 누르고 있어 품위가 있다. 키를 받아 들고 작은 분수가 졸졸거리며 물을 뿜고 있는 아담한 마당을 지나 별관의 방으로 이동하는데 이름을 알 수 없는 꽃향기가 코를 찌른다. 만일 그것이 꽃의 향기가 아니었다면 최 시인과 내가 분명히 싸구려 향수 냄새라 생각했을 진한 향기가 호텔 방안까지쫓아 들어온다. 이 향기는 오늘 아침에도 계속되었는데, 나중에 보니 호텔 주변의 마을 전체가 이 매혹적인 꽃향기에 뒤덮

여 있다. 주변에 백합 등 여러 종류의 꽃들이 피어 있어서 도대체 어떤 꽃에 이 아름다운 냄새의 혐의를 두어야 할지도 모르겠다. 일정을 끝내고 들어오다 호텔 주인에게 꽃의 정체를 물어보기 위해 로비에 들렀으나 마침 불이 꺼져 있고 주인이 보이지 않는다.

호텔 방의 내부는 전체적으로 깨끗하게 흰 회칠이 되어 있고, 화장실의 세면대 주변은 노란색과 파란색 무늬가 잘 어울리는 포르투갈의 전통 아줄레주 타일이 직사각형으로 아름답게 장식이 되어 있다. 공간을 아껴야 하는 현대식 호텔에 비해 규모도 제법 크고 실내의 가구나 전등들도 전부 앤틱이다. 옛날 창고 열쇠처럼 생긴 방의 열쇠도 보기와 달리 정확하게 작동이 잘 된다. 천정엔 작은 샹들리에가 달려 있고, 유리 창문 안쪽엔 목재로 된 암막 창문이 덧대어져 있어서 그것마저 닫으면 전쟁 시 등화관제라도 하는 것처럼 내부가 전혀 노출되지 않는다. 무엇보다 내 시선을 끈 것은 벽에 붙박이로 박혀 있는 책상겸 테이블이다. 테이블의 벽면엔 거울이 붙어 있고 거울 주위론 전통적인 포르투갈의 색이라 할 수 있는 파란색 장식의 아줄레주를 붙여놓았다. 거울이 붙어 있으므로 화장대 용도일 텐데 내게는 세상에서 하나밖에 없는 책상이 된다. 흰 페인트가 칠해져 있는 화강암 석재 느낌의 상판 위에 노트북, 스케치북, 연필, 그리고 태블릿 등을 꺼내놓으니, 쏘다니는 모든 일정을 접고 여기에서 조용히 며칠이라도 책을 읽고 글을 쓰며 지내

신트라의 로렌스 호텔,
영국 낭만주의 시인 로드 바이런이 묵어 간 것으로 유명하다

페나 왕궁의 창문에서 내려다보이는 무어 성

고 싶어진다. 사실 내가 가장 좋아하는 시간은 책상에 앉아 있는 시간이다. 여행 중에도 그런 시간을 가지면 들뜨고 가볍고 헤픈 여행 특유의 정서가 안정적이고 건강한 무게로 가라앉는다. 그게 여행을 더 깊고 값지게 만들어 주므로 호텔을 잡을 때도 나는 먼저 일하기 좋은 책상이 있는지 먼저 확인하는 버릇이 있다. 이번 호텔의 책상은 그런 나의 취향에 대한 화려한 응대이다. 좋다.

신트라는 리스본 광역시에 속해 있고 리스본에서 동북쪽으로 약 25킬로미터 떨어져 있는 곳이라 리스본에 온 관광객들이 덤으로 많이 찾는 곳이다. 리스본 여행의 보너스라고나 할까, 아침 일찍 서두르면 리스본에서 당일치기로 다녀갈 수도 있다. 구시가지 마을 전체가 매우 '아름다운 옛날'의 모습을 잘 간직하고 있다. 중요 관광 포인트는 신트라 국립 왕궁Sintra National Palace, 페나 왕궁Pena Palace, 헤갈레이라 별장Quintra da Regaleira, 무어성Castelo dos Mouros 등이다. 신트라 국립 왕궁은 신트라 시내에 있는데, 포르투갈에서 가장 잘 보존된 중
세의 왕궁으로 15세기부터 19
세기 말까지 (화장실까지 포함하
여) 포르투갈 왕족들의 생활을
세부적으로 잘 보여준다. 왕궁
을 둘러보던 내내 나는 그 화
려하기 짝이 없는 껍데기 뒤
에서 언제나 불안에서 벗어나
지 못했을 왜소하고 보잘것없
었던 인간들을 떠올린다. 2층
에는 왕자를 위한 별도의 정
원도 꾸며져 있는데 그 폐쇄
적 난간 너머로 또래의 아이
들이 제멋대로 뛰어놀던 모습   신트라 국립 왕궁의 내부에서 내다 본 풍경
을 몰래 내려다봤을 왕자의 기괴한 삶도 연상되었다. 이 왕궁
은 현재는 역사박물관으로도 활용되고 있으며 오늘 보니 수학
여행을 온 것 같은 현지의 청소년들도 많다. 입구에서 출구까
지 잘 정돈된 코스를 그대로 따라가면 편안히 관람을 할 수 있
다. 페나 왕궁은 중세부터 19세기에 이르기까지 수많은 왕조를
거치면서 관리, 확장 되어왔으며, 1995년에 유네스코 세계문화
유산으로 지정되었다. 오랜 세월 다양한 취향을 거쳐왔으므로
이슬람 문화를 포함하여 다양한 시대의 다양한 건축, 예술 양
식이 뒤섞여 있다.

호카곶의 등대

신트라에서 하루를 묵거나 해서 시간 여유가 더 있으면 신트라에서 약 20킬로미터 내외 떨어져 있는 대서양변의 호카 곶Estrada do Cabo da Roca과 '절벽 마을'로 알려져 있는 아제나스 두 마 르Azenhas do Mar를 방문하는 것도 좋다. 호카곶은 유럽 대륙 육지 부의 최서단에 있는데 바다 쪽으로 깎아지른 낭떠러지들이 아름다우며 운이 좋으면 대서양을 바라보는 높은 등대를 배경으로 아름다운 석양을 감상할 수 있다. 등대 옆의 십자가 탑에는 16세기 포르투갈을 대표하는 시인 카몽이스Luís Vaz de Camões가 쓴 "여기에서 땅이 끝나고 바다가 시작된다Onde a terra acaba e o mar começa"는 (매우 평범한) 문장이 새겨져 있는데, 이는 그의 서사시 『루지아다스Os Lusíadas』1572에서 따온 것이라 한다.

운이 좋게도 호카곶에 도착하자마자 황홀하도록 아름다운 노을을 만남. 그 속에 잠시 묻혀 있다가 날이 어두워지자 아제나스 두 마르로 이동. 어두운 해변의 언덕에 이제 막 가로등 불이 들어오기 시작하고 (한국의 달동네처럼) 집들이 다닥다닥 붙어 있는 마을이 나타난다. 마을 아래쪽 작은 절벽 아래 아름다운 해변의 한 레스토랑에서 어두운 바다에 큰 파도가 밀려오는 것을 보고 들으며 저녁 식사. 5박 6일의 외유를 마치고 내일은 리스본을 떠나 포르투 집으로 간다. 아, 벌써 고향 같은 포르투.

2024.02.20(신트라)

62

신트라에서 리스본, 다시 리스본에서 포르투행 기차를 타고 돌아왔다. 리스본에서 포르투까지는 기차로 대략 3시간 반 거리. 5박 6일간 자리를 비웠는데 멀리 돌아다녀서인지 아주 오래 집을 비운 느낌이다. 모처럼 흰 쌀밥에 김치찌개를 해서 저녁을 먹으니 서양 음식으로 오래 고갈된 어떤 에너지가 다시 채워지는 느낌.

저녁을 먹은 후에 소파에 누워 여독을 풀고 있는데 창밖이 소란하다. 집 옆 공터에 수십 명의 사람들이 모여서 무엇인지 모를 행사를 하고 있다. 경찰들도 두서넛 와 있다. 나가보니 이민자들로 보이는 사람들이 땅바닥에 레드 카펫을 깔고 손에

217

방글라데시 이민자들의 국제 모국어의 날 행사

는 색색의 꽃을 들고 절반 이상은 정장을 입고 무슨 행사를 하고 있다. 잘 모르지만 뭔가 기쁘면서도 엄숙하고 슬픈 분위기이다. 행사에 참여하고 있는 양복 차림의 30대 남성에게 물어보니 오늘이 바로 '국제 모국어의 날International Mother Language Day'이란다. 1952년 2월 21일 방글라데시인들이 파키스탄의 모국어 말살 정책에 저항해 분연히 일어났다가 경찰의 발포로 여러 명이 죽고 수백 명이 부상한 사건이 일어났었는데, 유네스코가 다언어/다문화 보존 정책의 하나로 그날을 기념하여 1999년에 국제 모국어의 날로 지정했다는 것. 이런 설명을 하는 방글라데시 이민자의 얼굴에 자부심과 지성이 넘친다.

CCTV로 본 한국의 먹실골 집필실 데크엔 그새 폭설이 쏟아졌다. 사람 없는 데크에 흰 눈만 고요하다. 우리가 커피를 마시거나 석유등을 켜놓고 동무들과 술을 마시던 테이블 위에 눈이 두꺼운 시루떡처럼 수북히 쌓여 있다. 그러나 우리가 돌아가면 그곳도 봄이 오리라. 지중해성 기후의 이곳은 작년 12월 우리가 이곳에 올 무렵부터 이미 봄 날씨였다. 이제 한국으로 돌아가면 다시 봄이 시작되니 우리는 난생처음으로 봄의 터널을 6개월 연속 지나게 되는 셈.

2024.02.21(포르투)

63

선잠이 깬 채 침대에 누워 포르투 성당의 종소리를 듣는다. 아무래도 저 소리는 한국에 돌아가서도 오래도록 내 귀에 들릴 것 같다. 비가 추질추질 오는데, 성당 광장에서 귀에 익은 색소폰 소리가 들려온다. 빨간 얼굴, 흰 수염의 그 키 큰 배불뚝이 할아버지가 빗속에서 버스킹을 하고 있는 것 같다. 아니면 비가 오지 않다가 연주 도중에 비가 내리기 시작했고 그 곡이 끝날 때까지만 연주를 계속하려는 것인지도 모르지.

오늘은 최 시인이 온라인 강의를 하는 동안 글을 쓰기 위해 호텔 카페로 나가지 않고 거실의 내 책상을 침실 창가로 옮겼다. 니키아에서 만든 간단한 것이라 옮기는 것도 어렵지 않다. 전혀 새로운 분위기이다. 나는 가구 중에서 책상을 제일 좋아한다. 거기에서 많은 일이, 그리고 가장 중요한 일들이 일어난다. 책상을 옮기는 사이에 빗소리가 더욱 커졌고 색소폰 소리도 사라졌다.

2024.02.20(포르투)

64

최 시인이 온라인 강의를 하는 사이, 평론 원고 한 편50매을 마감했다. 제목은 「폭발하는 세계의 갈 곳」. 그새 비가 그쳤다.

2024.02.22(포르투)

65

오늘은 가까이 있어서 그동안 오래 미루어 두었던 클레리구스 타워Clérigos Tower를 방문. 렐루 서점을 가거나 수정궁 공원 쪽을 가려면 으레 지나야 하는 곳인 데다가 포르투 역사 지구 어디에서나 보일 정도로 높이 있어서 포르투 사람들에게는 매우 친숙한 건물이다. 상 벤투역에서도 지척인데 단체 관광을 포함하여 사람들이 많이 몰려오므로 관람을 하려면 미리 예약하는 것이 좋다. 특히 성수기에는 충분한 일정을 두고 예약하는 것이 필수다.

클레리구스 타워는 18세기에 지어졌고, 포르투에선 (포르투의) 랜드 마크라 할 정도로 상징적인 건물이다. 바로크 양식으로 매우 화려하다. 먼 옛날에는 대서양 쪽에서 도루강으로 들어오는 선박들의 등대 역할을 했다고 할 정도로 언덕 위에 높이 솟아 있다. 지상에서의 높이는 약 75미터, 225개의 화강암 계단을 걸어 올라가야 정상에 도달할 수 있다. 정상에 오르니 아래에서 보던 것보다 훨씬 더 높아 보이고 포르투 시내 전경이 360도 파노라마로 시원하게 펼쳐져 보인다. 상 벤투역, 포르투 성

포르투 집, 창문 가의 책상

클레리구스 타워와 트램

당은 물론이고 도루강과 도루강의 다리들, 수정궁 넘어 대서양 입구까지 한눈에 내려다보인다. 상 벤투역 근처의 우리 집도 처음으로 내려다보았다. 여덟 가구가 사는 플랫인데 생각했던 것보다 큰 규모이다. 이 타워의 시계탑에선 매시간 포르투 역사지구 전체를 감싸며 차임벨처럼 멜로디가 있는 거대한 종소리가 울려 퍼진다. 그 소리는 하루 종일 마치 부드러운 인상의 제왕처럼 따스하게 포르투와 그곳을 방문한 사람들을 껴안는다. 타워 앞으로는 노란 트램이 자주 지나다니는데, 그 모습도 참 정겹다.

클레리구스 타워는 상당한 규모의 잘 관리된 교회, 그리고 박물관과 함께 이어져 있는데 우리는 오늘 박물관 상층부의 작은 방에서 놀랍게도 칸딘스키Wassily Kandinsky, 1866~1944의 깜찍한 전시회를 만났다. 칸딘스키가 독일 바이마르 바우하우스Bauhaus의 교수로 일하던'바이마르시대' 1922~1923년에 그린 소품들

클레리구스 타워에서 내려다본 우리 집.
정중앙의 붉은 색 벽의 큰 집. 이곳에서 우리는 70일을 보냈다

열다섯 점이 전시되어 있었다. 이것들은 모두 손바닥 크기의
수채 스케치 추상화들인데 그 무렵 칸딘스키의 그림에 본격적
으로 등장하기 시작하던 선, 원, 사각형, 타원형 등 기하학적 형
상들의 추상 회화나 판화를 위한 예비 작업의 성격을 띤 것들
이다. 작은 그림인데도 큰 그림으로 보는 것과 별반 다를 바 없
는 감동을 준다. 큐레이터의 설명에 의하면 이 작품들은 유럽
에서 최초로 공개되는 것이라 하는데, 우연히 본 덕분에 열다
섯 점 모두 사진에 담았다.

　클레리구스 타워는 우리가 근 70일 전 처음 포르투에 도
착하자마자 뭔지도 모르고 우연히 만나 감탄을 금치 못했던
건물이다. 그날 밤 나는 아무런 준비나 실력도 없이 복잡하게
생긴 타워의 상단부를 연필로 그렸는데 지금 생각해 보아도
참 무모한 일이었다. 그때 나는 홍천 읍내 복지관에서 몇 차례
스케치를 배운 이후 내 단독으로는 사실상 처음으로 그림을

그렸던 것. 이제 떠날 때가 가까워져 다시 자세히 클레리구스의 내부와 만나니 감회가 새롭다. 아마추어들의 사진이나 그림이 훌륭한 피사체^{자연}를 뛰어넘기란 참 힘들다. 그러나 훌륭한 피사체는 분명히 사진이나 그림의 수준을 끌어올린다.

2024.02.23(포르투)

66

오늘 아침에도 포르투 성당의 종소리를 들으며 잠을 깼다. 침실의 커다란 나무 덧창은 완벽한 암막 커튼 역할을 해서 종소리를 듣지 않고서는 어느새 아침이 온 것을 알 수가 없다. 창밖으로 강아지 울음 같은 갈매기 소리도 들린다. 바다가 가까운 포르투갈의 어느 도시에서도 시내에 이렇게 많은 갈매기가 들어와 사는 모습을 본 적이 없다.

어젯밤 꿈에는 포르투 인근의 어느 작은 도시를 갔는데, 그곳에선 유일한 운송 수단이 전동 킥보드였다. 차량이 없는 거리를 수많은 사람이 킥보드를 타고 오갔다. 나 같은 외지인도 그것을 타고 이동해야 했는데 이동 거리에 따라 요금이 정확히 계산되었다. 지하철이나 기차, 버스 등의 다른 운송 수단은 오로지 시내 바깥으로 나갈 때만 사용할 수 있었다. 여행을 다녀와서 그 내용을 부지런히 글로 옮겼다. 꿈속에서도 여행이라니. 이런 것을 두고 '여행의 관성화'라고 해도 좋을 것 같다.

일어나 미역국에 아침을 먹고, 청소기를 돌리고, 며칠 만에 걸레질까지 했다. 마치 오래된 일상처럼 또 하루가 반복된다. 발코니 문을 열고 청소하다 보니 포르투 성당 쪽에서 또 그 늙은 버스커의 색소폰 소리가 들려온다. 그는 아침마다 성당 입구의 같은 장소에서 색소폰을 분다. 이렇게 하루하루가 반복되는 사이에 돌아갈 날이 선뜻 다가왔다. 충만했던 날들이었다. 네 권의 스케치북에 매일 연필화를 그렸고, 시집 한 권 분량의 디카시를 썼으며, 체류기를 포함하여 평론 등 대략 1,000매 정도의 글을 썼다. 포르투와 포르투갈에 깊이 매료되었다. 돌아가기도 전에 벌써 이곳이 그립다. 장기간의 외국 생활이 처음인 최 시인은 나보다도 더 깊이 포르투에 빠진 것 같다. 얼마나 돌아가기 싫은지, 며칠 전엔 여자인데도 학도병에 끌려가는 꿈까지 꾸었다고 한다. 웃을 일이지만, 긴 방학이 끝나갈 무렵 대학 선생들이 흔히 잘 걸리는 '개강병'일 수도 있다. 나야 '명예 백수'니까 상관없지만 최 시인은 돌아가자마자 개강이고 대학 강의 외에도 외부단체의 강의와 해야 할 공적인 일들이 줄지어 기다리고 있다. 그 마음을 충분히 이해한다.

내게 포르투는 한마디로 말해 오래된 시간과 색깔의 도시였다. 어디를 가나 수백 년 묵지 않은 것이 없었다. 어디를 가나 소멸 중인 색깔들이 있었다. 오래 묵은 시간과 색깔을 제외하고 포르투를 설명할 수 없다. 포르투의 시간과 색깔엔 먼 대항해 시대 제국의 영광과 금융 위기 이후 유럽의 '돼지꼬리PIGS'로 전락

해 저무는 도루강의 풍경

한 현재의 피폐가 뒤섞여 있다. 그래도 포르투에선 여전히 시
간이 더디 흐른다. 세계화의 초고속 문화를 경멸하기라도 하듯
이 포르투에선 모든 것이 느리다. 레스토랑에서도 패스트푸드
가 아닌 경우엔 주문하고 나서 한참 잊을 만해야 음식이 나온
다. 영수증을 보면 생필품과 사치품이 엄격히 구별되어서 생필
품의 부가세6%는 사치품23%의 3분의 1도 되지 않는다. 크리스
마스가 낀 연말연시 같은 대목에도 업소들은 대부분 문을 닫는
다. 다른 가게들이 철시한 상태에서 혼자 문을 열면 전 세계에서
몰려든 관광객들 덕분에 떼돈을 벌 수 있을 텐데도 그렇게 '치열
하게' 여우짓을 하는 가게가 거의 없다. 덕분에 굶주린 관광객들
만 어디 문 연 레스토랑이나 카페가 없을까 기웃거리고 다닌다.
밤이 늦도록 장사를 하는 레스토랑이나 카페도 거의 없다. 저녁
일곱 시 무렵이면 벌써 철시 분위기이다. 알바생이나 주인이나
손을 탈탈 털고 일을 접는다. 자세한 내막은 알 수 없지만, 나
는 이런 삶 속에서 싸구려 자본-문화에 함부로 무너지거나 길
들여지지 않는 사람들의 어떤 위엄을 본다. 기차역이나 어디서

든 우리가 어쩌다 조금만 당황한 기색을 보이면 한 번도 예외 없이 누군가가 달려와 도와주었다. 놀라운 것은 그들 대부분이 영어를 전혀 하지 못하는 사람들이었다는 거다. 우리는 손짓, 발짓으로 충분히 사랑을 나누었다. 나는 아직도 그런 몇 사람들의 순하고 착한 얼굴을 자세히 기억한다.

아쉬운 대로 이렇게 근 70일에 걸친 나의 포르투 체류기를 끝낸다. 누가 보면 이것도 정신없어 보일 수 있지만, 애초의 계획대로 우리는 유랑이 아니라 생활-여행을 했다. 포르투에 정착하여 한국에서 하던 것과 똑같은 생활 — 예컨대, 장을 보고, 음식을 만들고, 청소하고, 빨래하고, 책을 읽고, 그림을 그리고, 글을 쓰는 — 을 하면서 포르투 시내를 매일 산책했다. 가끔 기차를 타고 당일치기로 인근의 도시를 다녀오기도 했고, 리스본과 인근 도시로 3박 4일 정도의 출장 여행을 두 번 다녀왔다. 우리의 유일한 외유는 3박 4일간의 프랑스 니스 지방으로의 여행이었다. 모로코든 어디든 아프리카 쪽의 짧은 여행도 원래 계획에 있었지만 번거로워서 생략했다. 돌아다니자 치면 유럽 전역이 지척에 있었으나 우리의 목적은 그것이 아니었다. '낯선 곳으로의 여행이 아니라 낯선 곳에서의 생활'이 우리에겐 훨씬 재미있다. 장기적인 해외 체류가 처음인 최 시인에겐 더욱 좋은 경험이었던 것 같다. 부부 사이도 훨씬 깊어졌다. 새로운 곳에서의 생활이 가져다주는 엄청난 활력들도 무시하지 못한다. 후배 소설가에게 들었다. 낯선 곳에 가면 일종의 생존 본능 때문에 감각 능력과 지능이 짧은 순간에 급상승한다는 것이다. 부부가 다니면서 내가 바보짓엘리베이터 문짝에 노크하기, 코딱지 파다가 코피 터지기 등도 많이 했지만내 별명이 '오플린'이 되었다! 감성 지수가 십 년 이상 젊어진 것은 확실한 것 같다.

우리 부부가 SNS에 체류기와 연필 스케치 연재를 시작한 지 얼마 되지 않아 고맙게도 한 출판사에서 섭외가 들어왔다. (과분하게도) 적지 않은 선인세까지 받고 출판계약을 했다. 게다가 이름만 대면 누구나 알 만한, 한 번도 뵌 적은 없지만 평소에 우리가 그 대표님의 훌륭한 '출판 아이디얼ideal의 외고집' 때문에 흠모해 마지 않던 출판사와의 계약은 우리에게 큰 선물이자 자랑이다. 지금 상황이라면 올해 안에 스케치와 사진과 글을 담은 책이 나올 것이다. 마지막으로, 포스팅을 올릴 때마다 과분한 찬사와 격려와 응원의 폭탄을 날려주신 모든 분께 머리 숙여 감사드린다. 사랑받고 싶다.

2024.02.24(포르투)

Epilogue

내일이면 마드리드를 거쳐 한국으로 돌아간다. 아쉬움에 동 루이 다리→가이아 지구→히베이라 광장→플로레스 거리→상 벤투역을 한 바퀴 돌았다. 우리가 가장 자주 산책을 다니던 루트인데 이렇게 따라 걸으면 대략 1만 보 정도를 걷게 된다. 며칠 비가 내리더니 오늘은 햇빛도 쨍쨍하다. 동 루이 다리 아래에서 록을 연주하는 남성 4인조 밴드를 만났다. 드럼, 일렉트릭, 베이스, 어쿠스틱으로 구성된 밴드인데, 무대를 기준으로 가운데 어쿠스틱과 오른쪽의 일렉트릭이 함께 보컬을 한다. 멘트를 들어보니 이 둘은 친 형제이다. 내가 순식간에 "21세기의 비틀즈"라고 이름 붙인 이들의 노래를 여러 곡 듣고 적지 않은 동전을 기타 케이스에 놓은 후에 자리를 떴다. 몰두하는 영혼은 아름답다. 청년들이여, 오래도록 늙지 말아라. 히베리아 광장에 오니 평소에 우리가 자주 보던 키가 큰 흑인 여성 솔로 가수가 강가에서 노래를 하고 있다. 그녀는 주로 플로레스 거리가 무대였는데, 오늘은 장소를 바꿔 이곳으로 왔다. 우리를 알아보고 노래를 부르는 도중에 눈 인사를 한다. 고음 처리를 소름 끼치도록 잘 하는 가수이다. 그녀에게도 경제적 여유와 박수와 환호와 기쁨이 넘치기를.

강물과 배와 바람, 그리고 폐허조차도 아름다웠던 포르투여, 이제 잠시 안녕. 나는 다시 그리운 곳에서 그리운 곳으로 간다. 발걸음마다 그리움이다.